——————————————님의
행복하고 풍요로운 삶을 기원합니다

당신 있어
비로소
행복한 세상

# 당신 있어 비로소 행복한 세상

우리 시대 최고 지성
6인의 영혼의 울림

서교출판사

| 차례 |

# ▍서문을 대신하는 다섯 가지 이야기

## 1

우리 시대 최고 지성 6인의 진솔한 이야기를 모아 한 자리에 앉혔다. 이름만 들어도 쟁쟁한 명사들이 한 권의 책 속에 자신의 삶과 체험을 통째로 담아내기까지, 그 과정을 담은 비하인드 스토리다. 그들의 이야기가 부드럽고도 강한 힘으로 우리를 예인하는 까닭은 그 이면에 감춰진 아픔과 무수한 고뇌가 있었기 때문이다.

삶이 한없이 하강하며 절망으로 치닫고 있을 때, 무분별한 상처 속에서 나 자신을 잃고 흔들리고 있을 때, 그렇게 함몰하고 있을 때 우리는 나아갈 길을 찾지 못하고 영영 간혀 있게 된다. 그럴 때 이 책은 우리를 가장 따듯하게 그리고 참된 사랑의 모습으로 보듬어줄 것이다. 그뿐만 아니라 방황하고 고뇌하는 영혼에게 한 줄기 빛처럼 밝은 희망의 등불이 되어 줄 것이다.

## 2

십 년 만에 죽는 것도 죽음이고,
백 년 만에 죽는 것도 결국은 죽음입니다.
현자와 성인도 죽고 흉악한 자와
어리석은 자도 모두 죽습니다.
만물이 서로 다른 것은 삶이요, 같은 것은 죽음이지요.
그래서 중요한 것은 어떻게 죽느냐가 아니라
'어떻게 사느냐' 하는 것입니다.
훌륭한 죽음을 맞기 위해서 우리는
훌륭히 사는 법을 배워야 합니다.

## 3

인생에 괴로움이 있다고 생각하기보다,
괴로움이 있으므로 인생이라고 생각해 보세요.

양궁선수가 과녁을 향해 활을 겨누는 것처럼
우리 인생의 괴로움도 어쨌든 맞춰야 할
하나의 과녁 같은 것입니다.
그래서 인생의 고뇌는 도피해서는 안 되는 것이며
도피하려야 할 수도 없는,
똑바로 바라보고 뚫어야 할 하나의 과녁인 것입니다.


# 4

삶에 대한 절망 없이 삶에 대한 사랑이 있을까.
사람을 사랑하는 일만큼 가슴 아픈 일이 또 있을까.
절망의 한 켠에서 싹을 틔우는 사랑의 힘은
아픔을 견디며 피어난다.
그래서 사랑의 힘은 위대하고
아픔은 우리 삶에 아름다운 무늬를 새겨주는 것이다.
그대 지금 사랑하고 있다면 다음과 같이 물어야 한다.
아픔과 절망을 피해가겠는가?
삶을 선택하듯 절망을 껴안겠는가?

# 5

달콤한 대화는 이해의 축제이자 영혼의 진수이고,
마음의 휴식처이며 지식의 획득이다.

### 공지영

·소설가 ·창작과 비평 《동트는 새벽》으로 등
단. ·대표작 《무소의 뿔처럼 혼자서 가라》,
《도가니》, 《봉순이 언니》, 《높고 푸른 사다
리》, 《가톨릭 수도원 기행 1, 2》, 《딸에게 주
는 레시피》 등 수 많은 베스트셀러 출간 ·이
상 문학상, 21세기문학상, 엠네스티 언론상,
가톨릭문학상, 한국문학상 등 수상

높고 푸른 사다리 | 1

# 그럼, 나는 어떻게 할까

이렇게 살아도 바람 같고,

저렇게 살아도 하룻밤의 꿈같은 거라면

내가 이 세상에 태어나서 좀 더 다른 의미의 어떤 것 하나

남기고 갈 수 있으면 좋겠다.

저를 소개하는 여러 가지 단어들을 듣다보니 그동안 참 별걸 꽹장히 많이 했구나, 그런 생각이 들었습니다. 그런데도 이상하게 올해 초쯤 새해를 맞으면서 한 해를 돌아보니, 인생이 너무 별거 아닌 거 같아 허망하고, 뭐 하고 살았나, 이런 생각이 들었습니다.

저의 약력을 보면 사실 화려하다면 화려할 만큼 온갖 금박들이 입혀져 있음에도 불구하고 산다는 게 생각보다 바람결 같아, 아빌라의 테레사 수녀님이 하신 말씀대로 낯선 여행 속에서 하룻밤 후딱 자고 일어나는 것 같지 않을까, 요즘에 그런 생각들을 많이 하고 있습니다.

이곳에서 30년 만에 동창생을 만났습니다. 처음엔 누군지 몰라봤습니다. 그 친구에게 우리가 몇 년 만에 만나는 건지 묻자 30년 만이라고 합니다. 그래서 제가 잠깐 이런 얘기를 했습니다.

"30년 참 별것도 아니구나. 너랑 나랑 30년 후에는 지상에서 누군가 하나가 없을지도 모르는데…."

이런 얘기를 하고 나니깐 더욱 인생이 덧없어지면서 허무하다는 생각이 되게 많이 듭니다. 그런데 이 허무는 젊었을 때 가진 허무하고는 좀 다른 허무이긴 합니다.

인생이 이렇게 살고도 바람 같고, 저렇게 살고도 하룻밤의 꿈같은 거라면 내가 이 세상에 태어나서 좀 더 다른 의미에 어떤, 뭐라고 그럴까요? "아, 지구가 너라는 생명체를 가져서 정말 참 좋았다."라는 것 하나라도 좀 남기고 갈 수 있으면 좋겠다고 생각합니다.

그게 아마 나무를 하나 더 심는 것일 수도 있고, 강아지 한 마리를 살리는 것일 수도 있겠습니다.

올해 초에 '높고 푸른 사다리'를 구상하기 시작한 것은 이런 전반적인 심경 변화하고도 아마 관련이 있었을 겁니다.

개인적으로는 작년에 힘든 한 해를 보냈었고, 이제 앞

으로 어떻게 살 것인가를 고민하고 있을 때 10년 전에 읽은 송봉모 신부님이 쓰신 책의 한 구절이 떠올랐습니다.

왜관의 베네딕토 수도원에서 노후된 미국 수도원을 인수하러 갔는데, 그곳에 마리너스 수사님이 계셨고, 그분이 한국전쟁 때 흥남부두에서 인민군과 중공군에게 쫓기는 1만 4,000명의 피난민을 배 한 척에 태워 구출하였기 때문에 기네스북에 올랐고, 한국전쟁 이후 종적을 감추었던 레너드 라루 선장, 그러니까 마리너스 수사님이 51년 후에 갑자기 나타난 기이한 인연에 대한 이야기가 한 다섯 줄 정도로 짧게 언급돼 있었습니다.

그때 짧지만 감동적인 그 구절을 읽으면서 언젠가는 이 내용으로 소설을 써야겠다고 마음먹었는데, 10년이 지난 후 작년 이맘때쯤에 이제 소설로 써야겠다는 생각을 했습니다.

그래서 그걸 역추적하기 위해서 왜관에 있는 베네딕토 수도원을 방문했고, 그곳에서 여러 가지 자료들을 모으는 과정에서 마리너스 수사님의 이야기를 듣게 되었습니다.

마리너스 수사님의 이야기를 하기 전에 왜관을 방문하게 되면서 신기한 사실을 알게 되었습니다. 우리나라에서 베네딕토 수도원에 현재 남자 수도사가 120명 정도 되는

데, 이 정도의 인원은 전 세계에서도 10위 안에 드는 굉장히 큰 규모라고 합니다.

그리고 주로 신생 국가와 아프리카가 주로 1, 2위나 3, 4위를 차지하고 있는 데 반해서 OECD 국가 안에서 120명의 인원은 전 세계적으로도 굉장히 큰 규모라고 합니다.

이런 사실을 취재하면서 한 가지 아주 감동적인 사실을 알게 되었습니다. 100여 년 전 베네딕토 수도원이 한국에 처음으로 신부님과 수녀님을 파견할 때 "중국과 일본 사이에 껴 있는 한국이라는 나라의 수준이 보통 높은 것이 아니다."는 정보를 가진 독일 수도원에서 박사급의 신부님과 수녀님을 파견했다고 합니다.

가장 먼저 지금의 서울 혜화동 신학교 자리인 혜화동 성당이 있는 그 자리에 베네딕토 수도원이 작은 공동체를 만들었다고 합니다. 그러다가 교구가 조금씩 커지면서 서울대교구(당시의 경성교구)에, 또 더 많은 선교를 위해서 함흥 쪽으로 올라갔습니다.

왜 함흥 쪽으로 올라갔느냐 하면 이미 평양 쪽에는 다른 교구들이 있었을 뿐만 아니라, 가톨릭이 평안도에서 선교하려면 이미 위세가 굉장한 개신교와의 마찰이 불가피했기 때문입니다.

당신이 있어 비로소 행복한 세상

그래서 반대쪽인 함흥 쪽으로 올라간 것이지만, 함흥 쪽으로 올라가면서 만주와 연길을 고리로 중국 선교까지 교두보를 마련하려는 꿈을 내심 가지고 올라갔다고 합니다.

베네딕토 성인의 모토가 "기도하고 일하라"인 것처럼 이분들은 어느 곳으로 가나 도착을 하면 생산시설부터 만듭니다. 예를 들면 한국에 박사급 신부님들이 특별히 파견됐는데, 그분들이 오자마자 설립한 게 인쇄소입니다.

한국 사람들을 교육해야 한다는 것이 가장 컸기 때문에 인쇄소를 설립하고, 대단하게도 오자마자 바로 독일어 한국어 번역 사전을 편찬합니다. 한국어를 이미 배우고 오고, 와서도 집중적인 한국어 공부를 통해 3년이라는 짧은 기간에 한국어를 완벽하게 구사할 정도였다고 합니다.

사실 우리도 요즘에 아프리카나 필리핀 등지로 선교 활동하시는 분들이 많지만 현지어로 사전을 낼 정도로 그렇게 열심히 공부하는 분은 드문데, 그분들은 당시 오지의 나라인 한국에 와서 그런 일을 하고, 맥주와 소시지 등을 생산하면서 교육기관을 세웁니다. 그곳이 원산하고 함흥의 중간 지역인 덕원이란 곳입니다.

덕원에서 연길 같은 곳으로 수녀님들을 파견하고, 학교

를 세워 공부를 가르치며 신학생들을 배출했습니다.

나이가 스무 살 후반에서 30대 초반의 젊은 선교사들인데, 당시 독일에 한 번 가려면 한 달 반씩이나 인천에서 배를 타고 가야 했습니다. 바로 이러한 열정이 있어서 가톨릭 신자가 급격하게 늘었다고 합니다.

그러나 분단은 일제 치하에서도 활발히 펼쳐 나갔던 선교사들의 열정을 잔혹하게 짓밟기 시작했습니다. 이분들이 당했던 탄압의 실상이 너무 끔찍해서 차마 글로 다 묘사하지 못하고 덜어낼 수밖에 없었습니다.

현실이 어떤 엽기적 소설이나 영화보다 훨씬 더 엽기적이고, 소설이나 영화는 그것을 다 담아내지 못하는 것이 현대의 특징인 것 같습니다. 아니면 우리나라 현대사의 특징이든지…, 아마 그런 것 같습니다.

북한 당국의 탄압 양태(樣態)를 보면, 단순하게 예를 들어 이데올로기적으로 종교를 용납하지 않는 북한 공산당 측에서 교인들을 탄압한 측면도 존재하지만, 그것보다 (제가 주목하고 싶은 것은 세계 곳곳에서 나타났던 거대 수용소로 표현되는) 악의 본질입니다.

선교사들의 4년 반 동안 북한에서의 끔찍한 교도소 생활, 유대인의 아우슈비츠 수용소를 비롯해 여러 수용소에

당신이 있어 비로소 행복한 세상

서 히틀러가 자행했던 공통적인 특징은 인종과 민족이나 언어와 체계가 다 다르지만 사람들을 강제 수용한 다음에 주는 고통의 종류를 보면 인간다움을 말살시키고, 인간에 대한 존엄성을 파괴시키는 것에 집중합니다.

이것을 바로 악이라고 보는데, 말하자면 우리가 하느님의 창조물로서 존엄한 존재가 아니라는 것을 끊임없이 각인시켜주는 겁니다.

예를 들면, 아우슈비츠에서 유대인이나 수용소에 있는 사람들을 돼지라고 부릅니다. 그리고 이름을 말살한 채 신체 부위에 소와 말들이나 찍는 낙인을 찍고, 번호를 찍어서 번호로 사람을 부릅니다.

그리고 또 하나, 이 사람들에게 끊임없이 가치 없는 인간이라는 것을 주입시키는 고통을 가합니다.

그 당시 히틀러의 아우슈비츠 실체가 다 드러나지도 않은 상황에서, 아우슈비츠의 실체를 모르는 상황에서 북한 당국이 신부님과 수녀님들에게 가한 양태는 아우슈비츠를 빼다 박은 것 같습니다.

돼지라고 불렀고, 끊임없이 욕설을 했고, 전혀 사람의 이름을 인정하지 않았고, 그리고 어처구니없는 형벌을 주는 것 등등 아우슈비츠나 북한이나 다 같았다고 봅니다.

영하 20도가 넘는 강추위에 이유 없이 사람들을 불러 내고서 손을 들고 벌을 서게 합니다. 이것이 수용소에서 행해지는 벌입니다.

난데없이 가톨릭 신자라는 이유만으로 수용소에 갇혔 는데, 이데올로기적으로 "배교(背敎)해라."는 거창한 것을 추구하는 게 아니라 "오늘 밤에 너희들 다 손들고 서 있 어."라는 식의 벌을 주는 겁니다.

아우슈비츠도 마찬가지입니다. 기록을 보니깐 아우슈 비츠에 끌려가기 직전에 유대인들에게 신발과 양말을 벗 게 한 다음에 길거리로 내보내 한 줄로 서서 담배꽁초를 줍게 합니다.

이것이 나치가 유대인들에게 했던 악이고, 옥사동에서 공산주의자들이 가톨릭 신부님과 수녀님들에게 했던 악 입니다.

기록을 보면 선착순으로 집합하게 한 다음에 철장에 원 숭이 흉내를 내면서 오래 매달려 있게 합니다.

생각하기도 끔찍한 양태에, 차라리 선교사들에겐 "너 예수 믿을래, 아니면 죽을래?" 하는 것이 어쩌면 행복한 고문이었는지도 모릅니다.

증언자에 의하면 북한 공산당은 평양 감옥에서 독일 선

당신이 있어 비로소 행복한 세상

교사들만 선발해 옥사동이라는 끔찍한 교도소로 보내고, 나머지 사람들은 대동강변으로 끌려가 자기 스스로 구덩이를 파게 하고 생매장하거나 총살해서 그 구덩이에 묻었다는 것이 지금까지 알려진 증언입니다.

옥사동으로 끌려간 독일 선교사들은 4년 반 동안 강제노동에 시달리다 혹독한 학대에 견디지 못한 열여덟 명의 선교사가 죽음을 맞게 됩니다. 당시 서독 정부가 북한과의 협상을 통한 갖은 노력으로 나머지 선교사들을 귀환시킵니다. 동독 정부가 아닙니다.

이 과정에서 재미있는 에피소드가 많은데, 예를 들면 강제노역 중에 어느 날 갑자기 난데없이 선교사들에게 양복이 지급됩니다. 그런데 선교사들이 예전에 알았던 치수만 생각해서 그 치수를 불러주고 옷을 받았는데 입을 수가 없었습니다. 그동안 영양실조로 말라 있었기 때문에 옷이 너무 컸던 것입니다.

그리고 나서 평양으로 가게 되는데, 거기서는 매일 고기반찬을 먹게 됩니다. 그때 북한군이 계속 선교사들에게 했던 말이 "한 끼라도 더 먹는 사람에게는 좋은 선물을 주겠다."는 겁니다.

왜냐하면, 서독에서 정부 대표가 오기 전까지 선교사들

의 영양실조 흔적을 없애야 하기 때문입니다. 북한군이 하루도 빠짐없이 산해진미를 거의 배가 터지도록 제공한 덕분에 진짜 한 달 만에 선교사들의 얼굴이 뽀얗게 살이 올랐다는 이야기가 있습니다.

드디어 기차로 중국을 거쳐서 서독에 도착한 선교사들은 대대적인 환영을 받게 됩니다. 끝까지 미개척 국가에서 '길 잃은 양'들을 보살피기 위해 온갖 희생을 다한 선교사들이기에 범국가적인 환영 행사를 열어준 겁니다.

그런데 아이러니하게도 남의 나라 신부님과 수녀님들을 4년 반 동안이나 억류하고 혹독한 강제노동을 시키다가 마지못해 돌려보낸 북한 또한 환영을 받았습니다. 생각해 보면 세계적으로 망신스런 일임에도 불구하고…, 아마 그나마 죽이지 않고 돌려보내 준 것에 대한 인사치레였을 거라고 봅니다.

여기서 중요한 사실은 북한에서 혹독한 시련을 겪은 선교사들이 3개월간의 정기검진과 요양을 마치고 한 사람도 빠짐없이 다시 한국으로 돌아왔다는 겁니다. 그분들은 아무 일도 없었다는 듯이 피난 내려온 왜관에서 인쇄소를 차리고, 포도주와 소시지를 만들고, 그다음에 학교를 설립했습니다. 지금의 왜관 수도원이 그분들과 한국인들이 세운 곳입니다.

얼마 전에 한겨레신문의 종교 전문 조현 기자가 이 부분을 가지고 꼭지 기사를 썼습니다. 조현 기자의 초점은 이런 것이었습니다.

"옥사동이라는 끔찍한 곳에서 4년 반 동안 혹독한 고초를 겪고 돌아오신 분들은 왜 반공주의자가 아닌가."

그래서 조현 기자의 시각이 예리하다고 생각하고 물었습니다.

"그때 많은 수녀님도 같이 끌려갔었는데, 수녀님들 또한 그런가?" 하고 질문했더니 "수녀원에는 아직도 북한이라고 하면 치를 떠는 분위기가 살짝 남아있다."고 합니다. 워낙 여자의 몸으로 끔찍한 일을 당했기 때문에 그렇긴 했지만.

대구에 베네딕토 수녀원이 있습니다. 그곳에 가서 아무리 취재를 해도 북한이란 말에 치를 떨거나 공산당이란 말에 치를 떠는 수녀님이 계시지 않는다는 놀라운 일은 저도 기적이라고 생각할 수밖에 없었습니다.

그분들의 말씀은 이랬습니다.

"공산당 정부가 아주 나쁜 짓을 했지만 그 사람들은 다 사라졌고, 북한이라는 집단에 대해서 우리가 미움을 가질 아무런 이유가 없다. 다행스럽게 우리는 하느님께서 지켜 주신 덕분에 그 시련에서 벗어나 이렇게 다시 돌아왔고, 언젠가 통일이 되면 우리는 덕원에 돌아가고 싶다."

얼마 전 임인덕 세바스티안이라는 독일인 신부님이 돌아가셨는데, 그분은 조금 뒷세대이지만 역시 전혀 그런 개념이 없었습니다.

모든 게 그냥 하느님 나라에서 일어나는 커다란 일 중의 하나였고, 오늘 또 내가 이렇게 잘 살고 있고, 하느님께 감사할 뿐이란 말씀을 듣고, 솔직히 의심을 했습니다. 말로만 저러는 것이 아닐까, 평신도가 오니까 저렇게 말씀하시는 거 아닐까….

그렇게 생각했는데, 그분들, 그곳에 있는 모든 분이 "옥사동이나 북한 치하의 끔찍한 경험에 대해서 들었지만 한 번도 저주하거나 원망하거나 그런 말을 들은 적이 없었다."는 말을 듣고 정말 또 다른 차원을 갖고 있는 사람들이구나 하는 생각을 하게 되었습니다.

토마스 수사님의 일행들이 옥사동에서 그렇게 고초를 당하고 있을 때, 덕원 수도원에 북한군이 들이닥쳐서 십자가를 떼고 거기에 김일성 초상화를 걸고 모두 내쫓아 버립니다.

그때 남아있던 한국인 신부님들은 모두 총살당한 거로 추정되고, 수사님들이 모두 흥남으로 피난을 가게 됩니다.

이번에 글을 쓰기 위해 흥남 철수의 기록들을 읽으면서 반성도 많이 하고, 저의 어머니 세대, 그러니까 전쟁이라면 아직도 어쩌께 일어난 일처럼 얘기하고, 무슨 일이 생기면 "그래도 북한 공산당이 오는 것보다 낫지." 하면서 모든 것의 발전을 저해하는 듯한 부모님 세대를 싫어했었는데, 이번에 전쟁 기록들을 다시 보면서, 정말 이 나이에 이제야 선배 세대들을 조금은 이해하는 기분이 들었습니다.

그 끔찍한 흥남 철수는 세계 전쟁사에도 기록되는 대철수의 작전이었습니다. 사실은 중공군의 개입으로 철수가 이루어진 것이 커다란 이유기는 하지만, 기록에 의하면 맥아더 장군의 작전 실패로 인한 후퇴가 더 컸다고 합니다.

왜냐하면 맥아더 사령부가 우리나라의 지형과 겨울의 혹한을 전혀 예측하지 못했기 때문입니다.

함흥 쪽에서 진격할 때 평양에서 갈라집니다. 함경도 쪽과 평안도 쪽으로 진격해서, 평안도 쪽으로 진격한 유엔군은 압록강까지 거의 밀고 올라갔지만, 함경도 쪽으로 진격한 유엔군은 낭림산맥과 개마고원이 있는 곳에서 병력을 분산시키면 안 됨에도 불구하고 병력을 분산시켜 진격합니다. 한국의 산악지대가 얼마나 험한지 예측하지 못했던 겁니다.

서로 고립된 상태에서, 설상가상으로 무전기가 얼어 버리는 영하 20도의 강추위가 몰려오고, 거기에다 중공군이 개입함으로써 새로운 전쟁에 직면한 한국군과 유엔군은 후퇴하지 않을 수 없었는데, 원산이 중공군에 넘어가 퇴로가 차단되자 흥남 해상으로 철수를 감행하게 된 것이 흥남 철수의 배경이라고 들었습니다.

흥남부두에는 더 이상 발을 디딜 수 없을 만큼 엄청난 피난민들이 몰려 왔습니다. 그곳에서 아이의 손을 놓치면 그 아이를 다시는 찾을 수 없었습니다. 아이뿐만 아니라 가족들이 뿔뿔이 헤어질 정도로 인산인해를 이루었는데, 8km 전방까지 중공군이 쳐들어 폭격을 가하고 있고, 그야말로 아비규환이 따로 없었습니다.

그러나 미군은 피난민을 배에 태울 수 없었습니다. 피난민을 태우느라 시간을 지체할수록 미군의 희생이 늘어나는 데다 병력과 장비, 물자를 싣는 데만도 수송선이 넉넉하지 않았기 때문입니다.

이때 한국군 지휘관들이 "피난민을 버리고 가느니 차라

당신이 있어 비로소 행복한 세상

리 우리가 걸어서 후퇴하겠다."며 적극적으로 설득한 끝에 피난민을 승선시킬 수 있었습니다.

당시 빅토리호의 임무는 퇴각하는 미국 해군에 연료를 공급하는 일이었습니다. 임무를 완수했으니 이제 돌아가면 되는 건데, 30대 중반의 젊은 레너드 라루 선장은 살려달라고 애타게 애원하는 피난민들을 그냥 두고 떠날 수 없었습니다.

레너드 라루 선장은 샌프란시스코에서 첫 선장으로 부임하고, 떠나기 전에 바닷가에 있는 아름다운 마리아 성당에서 기도를 합니다. 아마 그때 "내가 이 배를 타고 갈 때 하느님의 뜻에 맞는 임무를 맡게 해 달라."고 하셨을 것 같습니다.

레너드 라루 선장은 부두에서 1만 4,000명의 피난민을 배에 태웁니다. 그런데 놀랍게도 그 배는 화물선이었고, 배의 정원은 열두 명이었습니다. 세계 항해사에 기록될 만한 기적이었습니다.

영국의 사우샘프턴을 떠나 미국의 뉴욕으로 향하다 빙산과 충돌해 침몰한 타이타닉의 인원이 몇 명이지 아십니까? 거의 세계 최대 인원이 승선한 배였는데, 7,000명이었습니다.

또 재미있는 비교를 하자면, 꽤 큰 섬인 울릉도의 현재 인구는 9,000명가량인데, 이 배가 1만 4,000명의 인원을 태웠다는 겁니다. 기적이 아닐 수 없습니다.

군사비밀 관계상 다 밝힐 수는 없지만 취재한 바에 의하면 제트 연료라는 고농축 군사용 연료를 싣고 간 배였습니다. 레너드 라루 선장은 한 사람이라도 더 태우기 위해 모두 버린 것으로 알고 있습니다. 지금으로 치면 원유보다 더한, 벙커C유보다 더한 보물을 바다에다 쏟아버린 거라고 볼 수 있겠습니다.

거제도 전쟁 박물관에 가면 그 배의 단면이 전시되어 있습니다. 배가 화물선이라서 3층 구조로 되어 있는데 지하 1층, 2층, 3층 그리고 갑판입니다. 이 배의 승선 정원은 열두 명입니다. 그런 배에 1만 4,000명이나 탔던 겁니다.

그 배를 직접 탔던 사람들의 증언에 의하면 움직일 틈이 없을 정도로 꽉 들어찬 배 안에서 그냥 차갑고 딱딱한 철판에 쪼그리고 앉아 있었다고 합니다. 화장실도 없고, 불빛도 없고, 먹을 것도 없고, 물도 없고…, 그럼에도 불구하고 다섯 명의 아이가 태어났습니다.

그렇게 배가 사흘간 항해하다가 거제도에 도착한 날은 크리스마스이브였습니다.

당신이 있어 비로소 행복한 세상

60년이 지난 2011년에 왜관 수도원은 베네딕토 본원으로부터 전갈을 하나 받게 됩니다.

"미국 뉴저지주에 있는 베네딕토 수도원에 신청자가 20년 동안 끊겨서 폐쇄될 지경에 이르렀으므로 왜관 수도원에서 이 수도원을 맡아 주기를 바란다."라는 전문입니다.

왜관 수도원으로서는 말도 통하지 않는 미국 땅에 자기네 수도원을 더 넓힐 이유가 없기 때문에 거절하기 위해 그곳에 갔는데, 어떤 휠체어를 탄 노수사가 다가와서 "저는 한국과 인연이 있는 사람입니다."라고 하면서 이야기를 시작하게 됩니다.

그분이 바로 마리너스 수사님이고, 1만 4,000명의 사람을 구한 레너드 라루 선장이었습니다. 이런 인연으로 인해서 원장님이 그 수도원의 인수를 결정했다고 합니다.

그리고 마치 영화의 한 장면처럼 마리너스 수사님은 이 모든 이야기를 처음으로 자신의 입으로 말하고 나서, 이틀 후에 왜관에서 파견된 수사님들이 보는 앞에서 돌아가십니다. 그동안 그 이야기를 하려고 살아 있기라도 했었다는 듯이….

이러한 드라마틱한 것들을 보면서 "하느님의 손길이 우

리가 생각하는 것보다 훨씬 더 구체적으로 우리 곁에 있구나.”라는 생각을 저버릴 수 없었습니다.

처음에 말씀드린 저의 허망한 마음, 바람 같은 인생에 대한 허무, 이런 것들을 마리너스 수사님의 일대기들이 충분히 저에게 “인생은 그렇게 꼭 그런 것이 아니다.”라고 말해 주는 것 같았습니다.

마리너스 수사님의 자취를 찾기 위해서 뉴저지의 뉴턴 수도원을 갔습니다. 제가 유럽의 수도원을 많이 다녀 본 사람 측에 속하는데, 유럽의 수도원은 무척 아름답습니다. “이게 궁전이지 무슨 수도원이야”라고 할 정도로.

그런데 뉴턴 수도원에 도착했을 때 깜짝 놀라고 말았습니다. 너무나도 소박한 수도원이라, 수도원이라고 생각되지 않고 약간 군대 막사 같은 느낌이 들었습니다.

마리너스 수사님은 만사천 명의 인원을 태워 나르는 기적을 행하고 나서 깊은 충격에 빠진 후에 뉴턴 수도원에 입회하게 되었다고 합니다.

그리고 미국에서 주는 훈장 받으러 워싱턴에 간 것 외에는 평생 단 한 번의 외출을 하지 않았다고 합니다.

그곳은 봉쇄수도원이 아니어서 얼마든지 나가서 돌아다닐 수 있음에도 마리너스 수사님은 평생 밖으로 나가지

당신이 있어 비로소 행복한 세상

도 않고 수도원 입구에 있는 신자들에게 선물을 파는 허름한 선물방에서 60년 동안 조용히 기도하며 자기의 소임을 다하다, 마치 죽기를 기다리고 있었다는 듯이 한국 사람들을 만나고 숨을 거두게 된 것이 그분과 제가 어떻게든 인연을 맺게 된 계기였습니다.

"토마스 수사와 마리너스 수사, 이 두 사람은 도대체 한국과 어떤 인연이 있었기에 이런 삶을 살다가 죽었을까? 내 나라와 내 민족을 위해 기도하기도 바쁜데, 거창한 상을 받거나 알아주는 것도 아닌데 평생의 삶을 투신한 이유는 무엇이었을까?"

마침 프란치스코 교황님이 시리아 전쟁 종식을 위해서 하루를 단식하자고 말씀하신 무렵이었습니다.

"이 두 분에게 한국이 시리아 같았을까?"라는 생각을 가져봅니다. 그렇지만 우리가 시리아를 위해서 하루를 단식하는 것도 힘들고, 어떻게 생각하면 약간 번거로운 일일 수도 있는데, 말하자면 그 얘기를 들은 누군가가 "나는 민간인들이 폭격기나 화학무기로 살생되는 시리아를 위해서 내 평생을 바치겠어."라는 결심을 하기는 사실 어렵습니다.

그럼에도 불구하고 이 두 분을 생각하면서 아주 많은 생각을 하게 되었고, 여행을 떠나게 됐습니다. 제가 여행을 떠나게 된 것은 이런 분이 또 한 분이 계시다는 이야기를 듣고 난 후 일입니다.

로마의 카말돌리회 산 안토니오 수녀원이라는 곳에서 한국을 위해서 평생을 기도하고 돌아가셨다는 나자레나 수녀님의 이야기를 듣기 위해서 이 수녀원을 방문하게 되었습니다.

수녀원은 로마의 한 언덕, 오렌지 공원이 있는 굉장히 아름다운 언덕 위에 있습니다.

나자레나 수녀님은 봉쇄를 넘어서 봉인된 생활을 하셨다고 하는데, 우리나라로 치면 두 평 정도 되는 방이었던 거 같습니다. 보통 아파트의 작은 아이들 방만한, 그런 방에서 평생을 나오시지 않으셨던 겁니다.

계단을 올라가 문을 여니 홀이 나왔고, 문을 하나 더 열자 작은 통로가 나왔는데 나자레나 수녀님 방은 그 안쪽에 있었습니다.

필요한 물품을 문과 문 사이에 놓고 나가면 나자레나 수녀님이 문을 열고 나와 가져가셨고, 또 편지 같은 것으로 서로 왕래하시고, 지도 신부님은 문밖에서 고해를 들으셨고, 방에 있는 창문으로는 수녀원의 성당이 내려다보였는

당신이 있어 비로소 행복한 세상

데 그 창문을 통해서 미사를 함께 참례하셨다고 합니다.

방 안으로 들어가자 아주 희한한 침대가 있었습니다. 폭이 50cm 정도로 여자 한 명이 누워 양옆으로 뒤치면 밑으로 떨어질 수 있는 작은 침대였습니다.

원래는 텅 빈 상자에 나무판자로 십자가 형태를 만들어 뚜껑처럼 얹어 그 위에서 자던 것을, 집수리를 하기 위해서 나자레나 수녀님이 다른 방으로 잠깐 옮겨가 계실 때, 지도 신부님께서 그건 거의 죽음과도 같은 고통이었기 때문에 십자가의 나머지 부분을 채웠다고 합니다.

방안에는 의자도 하나 없었습니다. 아주 소박한 예수님 십자가, 조그만 성모상, 성경, 그리고 놀라운 기구가 눈길을 끌었습니다. 수녀님이 사용하던 편태(채찍)와 가시 복대였습니다.

편태도 끔찍했지만 가시 복대는 가슴부터 배까지 감쌀 수 있는 것으로 만져 보니 아직도 따가웠습니다. 나자레나 수녀님은 이런 송곳 같은 자기학대의 채찍과 가시 복대를 몸에 두르고 잠을 거의 자지 않고 기도에 정진하셨다고 합니다.

나자레나 수녀님은 미국인이었고, 오페라 가수였습니다. 노래하는 모습의 사진이 남아있는데, 정말 미인이었습니다. 그런데 스물여섯, 일곱 무렵에 "더 깊은 곳으로 숨어서 나하고 있자."는 하느님의 음성을 들었다고 합니다.

하느님의 음성을 듣고 고민하던 나자레나 수녀님은 봉쇄수녀원 여러 곳을 전전하다가 로마의 카말돌리 수녀원에 정착하시게 됩니다. 그곳에서 50년 동안 한 발자국도 밖으로 나오시지 않고 사셨는데, 이분의 두 가지 기도 제목이 교회의 쇄신과 한국을 위한 것이었다고 합니다.

교회의 쇄신은 모든 수도자가 많이 기도하시는 것이지만, "한국에 대해서 기도하신 것은 왜죠?" 하고 물었습니다.

제2차 세계대전이 끝나고 난 후에 유럽의 신문이나 방송들이 한국전쟁의 참상에 대해 보도를 많이 했고, 로마에 와서 수녀원을 찾아다닐 무렵에 한국에서 온 수녀님을 만난 나자레나 수녀님은 전쟁 중인 한국의 사정을 듣고 몹시 마음을 아파하며 한국을 위해 평생 기도하겠다고 약속했답니다.

나자레나 수녀님이 너무나 적은 식사를 하고 고행을 바치며 한국을 위해 기도했다는 현장을 보면서, 머리로는 "왜 이런 채찍질까지 하며 기도를 바쳤을까?" 하면서도 눈에서는 눈물이 주르륵 흘러내립니다.

당신이 있어 비로소 행복한 세상

그때 이런 생각이 들었습니다. 우리나라가 어쨌든 휴전 상태에서 전쟁 상태로 가지 않는 것, 어쨌든 우리가 이렇게 잘 먹고 잘 살게 된 것, 어쨌든 한국 교회가 이렇게 크게 융성한 것, 이것이 우리가 잘 나서 그런 게 아니었구나.

나자레나 수녀님이 돌아가실 무렵에는 "이런 봉인된 방이 똑같이 있다면, 한국에 고통받는 민중 사이에 가서 기도하다 죽고 싶지만, 내가 몸이 여기서 나갈 수가 없어서 참 안타깝다."라는 말씀을 여러 번 하셨다고 합니다.

나자레나 수녀님이 한국에 대해서 무얼 그리 많이 아셨겠습니까. 그런데 정말 숙연해졌고, 감사하게 느껴졌습니다.

그리고 그곳 원장 수녀님께서 저에게 하신 말씀이, 돌아가시기 몇 시간 전에 딱 한 번 당신 손으로 문을 열고 나오셨다고 합니다. 나오셔서 "내가 몹시 아프다."고 하셔서, 그 당시에 수련 수녀였던 지금의 원장 수녀님과 모두 달려갔는데, 나자레나 수녀님의 무릎 아래는 거의 푸른빛이었다고 합니다. 너무도 오랜 시간 꿇어앉아 있었기 때문입니다.

"야훼, 나의 목자, 아쉬울 것 없노라."

이 노래를 무척 좋아하셨기 때문에, 이 노래가 다 끝났을 때 미소를 지으시면서 눈을 감으셨다는 전언을 들었습니다.

사실 우리도 살기 참 힘듭니다. 경기가 전반적으로 참 나쁩니다. 내 이웃한테 조금은 나눠 주는 것도 되게 힘듭니다. 왜냐하면 씀씀이도 늘어났고, 우리도 다 쓸 돈도 많고, 그래서 말입니다.

그런데 이분들은 삶 전체를 바쳤고, 저는 이제야 그 사실을 알게 됐고, 감사하기에도 너무 늦었지만, 이런 분들이 계셨기에 적어도 제가 여태까지 이렇게 편하게 살아온 것이 아닐까, 그러면 나는 어떻게 해야 하지? 이런 질문을 이 세 분이 저에게 계속 던지고 계신 것 같습니다.

이 세 분을 만나고 오면서 어떤 글을 읽었습니다. 아름다운재단에서 발표한 글입니다.

아름다운재단에서는 가장 기부를 자주 하신 분들의 명단을 뽑아서 연말에 검색을 하는데, 이상한 분이 발견되어서 그분이 누군지 찾아가 봤답니다.

그분이 누구냐 하면, 폐지를 줍는 할머니인데, 폐지를 주워 팔아서 한 달 평균 수입이 12만 원이랍니다. 할머니는 돈이 12만 원 정도 모이면 1만 원씩 꼭 기부하셨기 때문에 가장 많이 자주 기부하신 명단에 오르셨다는 기사를

당신이 있어 비로소 행복한 세상

제가 얼마 전에 보고 나서 세상일이라는 게, 북경에서 나비가 날갯짓을 하면 뉴욕에 폭풍이 불듯이, 거꾸로 북경에 나비가 사뿐히 가라앉으면 뉴욕의 폭풍도 잦아들게 할 수 있구나, 하는 생각을 해 봤습니다.

이 지상에서 저의 날이 얼마나 남았는지, 저는 헤아릴 수 없습니다. 다만 저는 지금 이 순간이 다시 오지 않는다는 것을 알 뿐입니다. 거저 받은 이 사랑을, 거저 받은 이 축복을 1만 분의 1이라도 내 이웃들과 나누고 싶습니다. 그건 부끄러운 일이 아닐 것입니다.

## 구수환

·현 KBS 프로듀서 ·《추적 60분》,《KBS 일요스페셜》 등 시사 프로그램 제작 ·휴스턴 국제영화제 다큐멘터리 대상, 서재필 언론 문화상 등 수상 ·다큐멘터리 《울지마 톤즈》로 가톨릭 매스컴 대상 수상 ·지은 책으로는 《울지마 톤즈 그 후 선물》이 있다.

**2**

# 울지마 톤즈, 그 후 선물

이 영화는 이념의 벽도 뛰어넘어 신드롬 현상으로 이어졌습니다.

그것이 가능했던 이유는 신부님의 삶을 특정 종교의 틀에서 벗어나

'한 인간의 삶'이라는 시각에서 바라보았기 때문입니다.

지난 20여 년은 참으로 힘들고 어려운 시간이었지만 저를 지켜주는 힘은 서민들의 눈과 목소리였습니다. 저는 아주 중요한 것을 배웠습니다. 말과 행동의 일치입니다. 마당 한구석에 다섯 살 꼬마가 염증과 고름으로 통통 부은 손 때문에 서럽게 울고 있었습니다. 아이를 치료실로 데려가 상처에 약을 발라 주고 손잡이가 있는 알사탕을 쥐여주자 친한 친구가 되었습니다.

마당을 지날 때마다 미소 띤 얼굴로 아팠던 손을 내밉니다. 정말 행복한 순간입니다. 국민들이 감동하는 것은 그가 가진 사랑과 헌신의 정신이었을 겁니다. 이런 변화의 물결은 누구도 막지 못할 것입니다. 이 책을 하늘에서 지켜보고 있을 이태석 신부님께 바칩니다.

〈울지마 톤즈〉, 이 영화가 대중한테 많이 알려졌을 때 제가 항상 하는 이야기가 있었습니다. "영화를 잘 만들어서 유명해진 것이라 아니라, 주인공인 신부님의 삶에 감동하고 빠져들었기 때문에 나타난 결과이다."

그동안 여러 곳에서 출판 제의가 들어왔습니다, 그러나 신부님의 삶을 제대로 해석을 할 수 있을지에 대한 부담감, 상업적으로 활용한다는 오해를 불러올 수 있다는 걱정 때문에 관심을 갖지 않았습니다. 그럼에도 책을 쓰기로 마음을 바꾼 것은 〈울지마 톤즈〉가 한 사제의 감동적인 삶을 뛰어넘어 갈등과 불신으로 고민하는 대한민국의 삶을 바꿀 수 있다는 확신을 했기 때문입니다. 영화를 본 많은 국민들이 감동하고 눈물을 흘리는 모습을 지켜보면서 그분이 남긴 사랑과 헌신을 실천하고 확산시켜나가기 위해서는 신부님 삶을 잊혀 지게 해서는 안 된다는 생각에 책을 썼습니다.

그리고 〈울지마 톤즈〉 후속프로그램도 매년 1편씩 제작했습니다. 모두 5편으로 방송사에서 전무후무한 기록이지만 그것을 가능하게 한 것은 그분의 삶에 공감하는 사회적 분위기 때문이었다고 생각합니다.

책을 써내려가면서 정말 힘들었습니다. 글을 전문적으로 쓰는 작가도 아니고, 회사 일도 해야 하는 입장에서 시간이 너무나 부족했습니다. 그런데 아주 기적 같은 현상이 일어났습니다. 어느 날부터인가 새벽 4시면 눈이 딱 뜨여지고 그때부터 책상에 앉아 글을 써 내려가는데 제가 쓰는 게 아니었습니다. 하루에도 원고지 수십 장을 써내려가고 특히 신부님의 삶을 표현한 부분은 '정말 내가 쓴 것이 맞나?' 싶을 정도로 제 자신도 놀랐습니다. 그래서 '신부님이 대신 쓰지 않았나?' 라는 생각까지 했습니다.

'울지마 톤즈, 그 후 선물'은 신부님의 삶을 저널리스트의 관점에서 해석하려고 노력했습니다. 가톨릭 일부에서 "왜 사제의 삶을 일반화하느냐"는 비판도 있었지만 이태석 신부님 삶은 예수 그리스도의 사랑과 섬김의 삶을, 말이 아닌 실천으로 보여주었다는 확신이 있어서 크게 신경 쓰지 않았습니다. 조계사를 비롯해 개신교에서도 영화를 상영하고 보수, 진보의 이념의 벽도 뛰어넘어 신드롬 현상으로 이어진 것도 특정 종교의 관점보다 인간의 삶의 시각에서 바라본 덕택이라고 생각합니다.

‘추적 60분’이라는 고발 프로그램을 오랫동안 제작하면서 배운 게있습니다. 소재는 PD들이 직접 찾기도 하지만 시청자 제보를 많이 활용하는데 대부분 돈도 없고 부탁할 사람도 없는 사회적 약자들입니다. 억울하다고 생각하는데, 해결이 안 되니까 마지막으로 언론사를 찾아와 부탁하는 거죠. 제보자와의 만남은 보통 서너 시간 걸리는데 주로 그분들의 이야기를 듣습니다. 근거를 제시하지 않고 억지주장을 할 때는 짜증스럽기도 하지만 얼마나 억울하면 저럴까 하는 생각에 다 들어줍니다.

그리고 자 이제 ‘시원하십니까?’ 라고 물으면 ‘그렇다’며 후련한 표정을 짓습니다. 저는 그 모습을 통해 “사회적 약자에게 필요한 것은 동정이 아니라 진심으로 공감해주는 것”이라는 것을 알게 되었습니다.

저와 이태석 신부님의 만남은 ‘운명적’이라는 생각을 합니다. 생전에 한 번도 뵌 적이 없지만 그분의 삶을 영화로 만들었고 지금은 전국 곳곳을 다니며 그분의 삶을 이야기하고 있으니 말입니다. 제가 그분을 처음 만난 것은 2010년 1월 14일 인터넷에 ‘수단의 슈바이처’라는 기사 제목 때문입니다. 처음에는 사제라는 생각은 하지 않고,

세상에서 가장 가난하고 내전으로 위험한 땅에 왜 한국 사람이 갔을까? 라는 궁금증이 있어서 자료를 찾았는데 의사 출신으로 아프리카로 떠난 최초의 한국인 사제, 여기에 학교를 세운 교육자 등 놀라운 내용을 알게 되었습니다. 그 가운데 부와 명예의 상징인 의사라는 직업을 과감히 버리고 사제가 되었다는 점에 대해 많은 생각을 했습니다. 영화에도 나오듯이 신부님 집안은 홀어머니가 바느질해서 십 남매를 키워야 하는 무척 어려운 생활을 하지 않았습니까. 그런 집에서 의사가 나왔으니 그 기쁨은 상상할 수 없는 것이죠. 그런데도 모든 것을 포기하고 아프리카 오지에서 죽어가는 사람들에게 꿈과 행복을 나눠주는 길을 택했습니다. 저는 그분의 삶을 통해 인간의 욕심과 교만을 고발하고 싶었습니다.

또한, 아들의 결정을 마음으로 받아들인 어머니의 사랑을 통해 자녀의 교육으로 고민하는 대한민국 어머니들에게 올바른 자녀교육법이 무엇인지 말하고 싶었습니다.

마지막으로 신부님과 아프리카 주민들의 소통하는 모습을 보면서 사람의 마음을 얻으려면 무엇이 필요한지 알려주고 싶었습니다. 저는 신부님의 삶을 통해 그동안 끊임없이 찾아오던 해답을 얻은 것 같아 개인적으로 너무 기뻤습니다.

영화 〈울지마 톤즈〉는 주인공 없이 제작을 하다 보니 걱정이 많았습니다. 그러나 신부님의 사랑을 받았던 주민을 만나면 그분의 삶을 알 수 있다는 확신을 하고 취재를 시작했습니다. 제가 제일 먼저 한 일은 신부님의 지인을 수소문해서 관련 자료를 찾는 일이었습니다. 천만다행으로 생전에 찍었던 사진과 동영상을 입수하게 되었습니다. 동영상은 개인이 찍은 거라 방송용으로 사용하기에는 문제가 있었지만 오히려 큰 도움이 될 수 있을 거라 생각을 했습니다. 보통 사람들은 TV 카메라 앞에 서면 솔직한 모습보다 좋은 표정을 지으려고 애를 씁니다. 그러나 가족이나 친한 친구가 찍으면 있는 그대로의 모습을 보여 줍니다. 이게 인간의 심리겠죠.

그런데 신부님의 영상은 지인분이 전쟁의 위험을 무릅쓰고 찾아가 찍은 것입니다. 저는 촬영한 분이 신부님과 아주 가깝거나 친한 분이라고 생각했습니다. 그래서 화면 속의 모습은 진실이라는 확신을 하게 되었고 보물처럼 느껴졌습니다.

확보한 자료 가운데 '아, 영화가 되겠다.'는 확신을 하

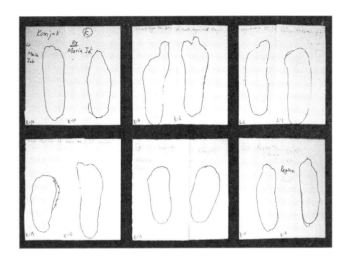

게 해 준 사진이 있습니다. 신부님이 도화지에 직접 '발가
락이 없는 발'을 그린 것을 찍은 것입니다.

처음엔 무엇을 그린 것인지 이해를 못 했지만 한센병 환
자의 발이라는 사실을 알게 됐습니다.

저는 신부님이 한센인의 발을 그린 이유가 궁금했습니
다. 그래서 신부님이 쓰신 글을 찾아보았습니다. 그러고
는 즉시 엄청난 사랑이 담겨 있음을 알게 되었습니다. 맨
발로 다니면서 상처를 입어도 병원, 치료 약이 없어 발가
락을 절단해야 하는 악순환이 계속되자 신발을 신기면 상

처를 줄일 수 있다고 생각한 겁니다. 우리 같으면 약을 협찬받고 치료해 주면 될 것이라고 쉽게 말할 수 있지만, 그분은 본인이 할 수 있는 능력과 여건을 생각해서 대안을 짜 낸 것입니다. 도화지 그림은 케냐의 신발 공장으로 보내져 슬리퍼를 만들도록 했는데요, 그 이유를 들어보니 역시 큰 감동으로 다가왔습니다. 한센인들이 신발을 처음 신어보고, 발가락이 없다 보니까 보통 신발은 무척 불편할 것으로 생각한 겁니다.

슬리퍼를 가격으로 따지면 얼마나 되겠습니까. 하지만 세상에서 가장 값지고 비싼 신발이라고 생각했습니다.

톤즈에 갈 때, 신부님의 사진은 크게 확대해서 가져갔습니다. 혹시 신부님을 기억하지 못할까 하는 걱정과 위로를 해주고 싶은 마음 때문입니다. 그런데 사진을 본 그들의 반응은 예상을 뛰어넘었습니다. 두 손을 모아 사진을 받들고 입맞춤을 했습니다. 누가 시켜서 한 것이 아닙니다. 저는 사람의 마음은 물질적인 것으로 얻어지는 것이 아니라 진심으로 얻을 수 있다는 것을 가슴속 깊이 깨달았습니다.


"이동 진료를 오는 날이면 흩어져 있는 인근 마을의 모

당신이 있어 비로소 행복한 세상

든 주민이 나와 신부님을 반겼습니다. 그런데 나오지 못하는 사람들이 있었습니다. 손가락과 발가락이 잘려나가 걷기조차 불편한 사람들입니다. 신부님이 찾기 전까지 그들은 자신의 병이 무엇인지 모르고 죽어갔습니다. 신부님은 한센인들이 보여 살 수 있도록 마을을 만들어 주고 병의 진행을 막는 치료제도 구해 줬습니다. 신부님은 그들의 이야기를 들어주는 유일한 외부 사람이기도 합니다."

〈울지마 톤즈 중에서〉


"손가락 발가락 없이, 가진 것이 아무것도 없으면서도 행복하게 살아가는 나환자들의 모습을 보면서, 자그마한 것에도 기뻐하고, 조그만한 어떤 관심에도 감사할 줄 아는 그들의 모습을 보면서, 행복을 찾는 것이 어떻게 보면 간단한 것인데 사람들이 욕심 때문에 다른 길을 계속 간다는 느낌을 여기서 받았습니다." 〈이태석 신부 인터뷰 중〉


신학생 시절 수단에 왔을 때 신부님은 처음으로 한센인을 만났습니다. 모두가 가난한 수단에서도 한센인은 철저하게 버려진 사람들이었습니다. 그러나 감사할 줄 알고 기쁘게 사는 그들에게서 신부님은 그리스도의 모습을 보았다고 고백합니다.

　우리는 한센인에게 신부님의 사진을 나눠 줬습니다. 그
들에게는 그 무엇보다도 큰 선물인 듯 보였습니다. 신부님
의 사진을 보자 너나 할 것 없이 사진에 입을 맞추며 애통
한 눈물을 쏟아냈습니다. 자신들을 환자가 아닌 인간으로
대해 준 신부님에 대한 그들의 그리움은 안타까운 절규 바
로 그 자체였습니다. 그들은 신부님이 떠난 후 자신들의 삶
을 눈물이라고 했습니다. 그들 모두가 5년이라는 세월이
지났음에도 신부님을 잊지 못하고 그리워하는 모습은 굉
장히 중요한 부분이라고 생각합니다.

〈울지마 톤즈 그 후 선물 중에서〉

　신부님의 한센인에 대한 사랑은 지극했습니다. 한센인
한 명, 한 명의 발에 슬리퍼를 신겨 주고, 싣는 방법까지
알려 주었습니다. 그 모습을 지켜보는 한센인의 마음은 어
떠했을까요?
　제가 '추적 60분' 프로그램을 할 때 소록도에 사는 한
센인의 사연을 취재한 적이 있습니다. 한센병은 약을 먹
으면 완치되는 피부병이라는 사실을 알려 한센인에 대한

　　　　　　　　당신이 있어 비로소 행복한 세상

편견, 잘못된 인식을 바꿔야 한다는 생각과 그동안 소록
도에서 있었던 인권 유린 행위를 고발해 그분들의 마음을
조금이라도 위로해 드리고 싶었습니다. 그런데 한센인들
은 한결같이 인터뷰를 거절했습니다. 나중에 그 이유를
알고 저 자신이 무척 부끄러웠습니다. 자신의 모습이 TV
에 방영되었을 때 육지에서 생활하는 아들, 딸이 한센인
의 자녀라는 이유로 손가락질을 당할 수 있다는 걱정에 거
절한 것입니다.

　아프리카의 한센인도 전혀 다르지 않았습니다. 그분들
을 인터뷰 하면서 자신을 도와준 분에게 고마워하고 감사
하는 마음을 보았기 때문입니다. 신부님이 뭉그러진 발을

만지면서 약을 발라주고 신발을 신겨주는 장면은 단순한 감동의 순간이 아닙니다. 세상으로부터 버림받은 한센인에게 처음으로 삶의 희망을 품도록 해 준 거룩한 순간이라고 생각합니다. 한센인들이 지금도 신부님을 기억하며 눈물로 지내는 이유입니다.

사진 속의 아이들이 천진난만하게 웃고 있지만, 군대에 끌려가 전쟁을 치르고 온 아이들입니다. 수단은 20년의 내전을 치르면서 200만 명이 죽었습니다. 군인이 부족하자 집집마다 한 사람씩 강제징집을 했는데요, 놀라운 사실은 소년병으로 끌려가는 나이가 일곱 살이라는 겁니다. 어린 나이에 끌려가서 무엇을 할까 이해가 되지 않았지만, 소년병 출신이 들려주는 증언은 아주 큰 충격으로 다가왔습니다.

가장 친한 사람을 죽이고 오게 시킨 다음 열 살이 되면 총을 들고 전쟁터로 나가는데 그곳에서 상대방을 죽이지 않으면 내가 죽는다는 것을 알게 되는 것이죠.

그런 환경에서 자란 아이들에게 무슨 감정이 남아있겠습니까. 저는 사진 속 아이들을 보면서 저렇게 순한 양으로 만든 비결이 무엇인지 너무 궁금했습니다.

당신이 있어 비로소 행복한 세상

사실 신부님은 교육학을 전공한 분도 아니고, 그렇다고 많은 돈을 지원받는 것도 아니지 않습니까? 저는 이 기적 같은 현상을 통해 대한민국의 교육, 청소년 문제의 해법을 제시하고 싶었습니다.

　영화의 마지막 부분에 브라스밴드 아이들이 우는 장면이 나옵니다. 그 눈물에는 신부님이 8년 동안 쏟은 사랑이 담겨있습니다.

　신부님은 아이들이 군대에 끌려가는 일이 계속되자 유니세프라는 국제기구의 도움을 받아 아이들을 빼내 집으로 돌려보냈지만, 다시 군대로 돌아갑니다. 신부님은 그것을 막기 위해 공동체 빈 곳에 의자를 갖다 놓고 책과 연필을 나눠 줬습니다. 그리고 전기시설까지 만들어 밤에는 불까지 밝혀주었습니다. 이곳은 지금도 전기가 없습니다. 세상이 컴컴한 곳에 전깃불 상상이 되십니까? 아이들은 밤이 되어도 집에 가지 않고 책을 읽으면서 새로운 세계를 하나씩 알아갔습니다.

　신부님의 분신이라고 해도 지나치지 않는 것이 브라스밴드입니다. 남수단 최초의 밴드이면서 아이들에게 꿈을 갖도록 해준 최고의 선물입니다. 신부님은 35개의 각기 다른 악기를 직접 배워 아이들을 가르쳤습니다. 우리로서는 상상도 못 하는 일이지만 그분은 해냈습니다. 아이들에게 브라스밴드를 통해 배운 것이 무엇인지 물었습니다. 노력하면 할 수 있다는 자신감과 힘을 합하면 뭐든지 할 수 있다는 공동체의 중요성을 깨달았다고 합니다. 신부님은 음악을 통해 아이들 스스로 해결할 수 있는 힘을 갖도록 해 준 것입니다.

신부님이 살아계셨을 때 두 가지 꿈이 있었다는 이야기를 우연히 듣게 되었습니다. 브라스밴드 아이들을 한국 무대에서 공연하도록 하는 것과 영화음악을 만드는 것입니다. 저는 그분의 못다 이룬 꿈을 현실로 만들어 드리고 싶었습니다. 그래서 신부님이 만든 '묵상'이라는 노래를 뮤직비디오로 만들어 울지마 톤즈에 삽입시켰습니다. 그리고 브라스밴드 아이들을 한국 무대에 세우는 무모한(?) 일을 추진했습니다. 브라스밴드를 한국에 데려오기 위해 가수, 음악 교사, 연주가와 함께 톤즈 현지에 음악캠프를 차렸습니다. 가르치는 사람도 배우는 아이들도 너무나 열심히 했습니다. 그리고 꿈으로만 생각하던 한국으로 출발했습니다. 저는 한국방문이 보여주는 행사가 안 되도록 국내에 있는 학교, 기업, 국가기관을 찾아다니며 만남을 부탁했고 도움도 요청했습니다. 모두가 신부님과 관계된 일이라며 흔쾌히 도와주었고 수십 명의 자원봉사자가 통역을 해주며 아이들이 불편함이 없도록 각별한 신경을 썼습니다.

브라스밴드가 한국에 도착한 후 제일 먼저 전남 담양에 있는 신부님의 묘지에 데려갔습니다. 이것이 자신들을 지켜준 고마운 분에 대한 예의라고 생각했기 때문입니다. 아이들은 무덤 곁에서 떠나지 않은 채 흐느꼈습니다. 그 모습을 지켜보는 모든 사람이 눈물을 흘렸습니다. 브라스밴드는 7박 8일 동안 중고등학교, 기업, 수출입은행 등을 방문했는데 가는 곳마다 얼싸안으며 반갑게 맞아주었습니다. 지금도 잊히지 않는 장면이 있습니다. 브라스밴드가 KBS 열린 음악회 무대에 서던 날입니다. 한국 최고의 무대에 설 수 있는 실력은 아니지만 그 의미를 제작진에게 설명해서 꿈같은 일을 성사시켰습니다. 아이들이 무대에 나타났을 때 2,500여 명의 관객이 기립박수를 쳐주었고, 연주가 끝나자 함성을 지르던 아이들의 모습은 영원토록 잊지 못할 겁니다. 신부님이 하늘에서 이 모습을 지켜본다면 어떤 표정을 지었겠느냐는 생각을 하니 그분에 대한 그리움이 더 크게 몰려 왔습니다. 브라스밴드의 한국방문은 아이들에게도 잊지 못할 일이지만 개인적으로도 사랑

의 위대함을 알게 해 준 소중한 시간이었습니다. 브라스
밴드가 한국을 떠나던 날 저에게 여러 장의 쪽지가 전달됐
습니다. 새로운 세계를 알게 해 준 것에 대한 감사의 인사
와 함께 한국에서 공부하고 싶다는 간절한 부탁의 내용이
적혀 있었습니다. 저는 개인적으로 친분이 있는 이화여대
와 고려대학교 교수님을 찾아가 공부할 수 있도록 도와달
라고 부탁했습니다. 여학생과 남학생이 입학 허가를 받아
또 하나의 기적 같은 일이 이뤄졌습니다. 이 모든 것이 이
태석 신부님의 힘이라고 생각합니다.

'사랑', 우리가 말하는 사랑이란 무엇일까요? 사랑은
말로 하는 것이 아니라 실천하고 함께하는 것이다', 이것
이 신부님의 영화를 제작하면서 깨달은 내용입니다.

제가 지금까지도 신부님을 놓지 않는 이유가 있습니다.
갈등과 불신이 팽배한 우리 사회를 살릴 수 있는 해답을 신
부님의 사랑과 헌신의 삶에서 찾았기 때문입니다. 그래서
그분의 삶을 더 알려야 하고 많은 사람이 실천할 수 있도록
해야 한다는 결심을 하게 된 것입니다.

"이태석 신부님이 남긴 울림은 종교의 경계도 뛰어넘었
습니다. 감리교 신학대학 이정배 교수는 신입생 교양과목

으로 인류와 종교를 강의합니다. 이 교수는 학생들에게 영화 〈울지마 톤즈〉의 감상문을 제출하도록 했습니다. 이곳 학생들의 꿈은 대부분 목회자나 선교사가 되는 것이지요. 영화를 본 학생들은 이전에 갖고 있던 사고의 틀이 깨지는 아픈 통증을 느꼈다고 합니다.

"이렇게 온전히 연탄재처럼 자기를 완전히 불살라서 이런 삶을 살 수 있는 사람이 우리 시대에 우리 곁에 이렇게 있었다고 하는 발견이 아이들에게는 교리도 깨뜨리고, 요만큼이면 족하다고 하는 자기만족적인 종교성마저 깨뜨리고, 그리고 하염없이 자기들이 생각해 왔던 성직자의 길이 이렇게 가서는 안 되겠다고 하는 깨우침이 있었기 때문에 아이들도 하염없이 울었습니다."

〈울지마 톤즈〉는 국외에서도 유명합니다. 영국에서 100년 전통의 한 주간지는 〈울지마 톤즈〉를 한 면 전체에 소개했습니다. 신문 1면의 제목은 '21세기 살아있는 성자'였습니다. 그 기사를 본 영국의 유명한 상원의원은 한국에 있는 지인을 통해 받은 〈울지마 톤즈〉 테이프를 영국에 식량 원조를 부탁하러 온 북한 대표단에 전달했습니다. 그는 북한 정권이 인간에 대한 사랑을 어떻게 하는지 느꼈으면 좋겠다는 취지에서 주었다고 했습니다.

〈울지마 톤즈〉는 국경의 벽도 뛰어넘었습니다. 2012년 서울에서 아프리카 경제장관회의가 열린다는 이야기를 들었습니다. 한국을 아프리카에 알리는 아주 중요한 자리였습니다. 저는 주최 측에 신부님의 10분짜리 영상을 영어 자막으로 만들어 소개하고, 그분의 제자들인 브라스밴드를 무대에 세우는 것이 우리 진심을 알리는 가장 좋은 방법이라고 제안했습니다. 신부님의 삶이 알려지지 않았다면 상상도 못 하는 일이라고 생각합니다.

회의 첫날 사회자가 오늘의 주제를 영상을 통해 소개하겠다는 발언을 합니다. 그리고 화면에 신부님의 영상이 소개되었는데 모두가 화면에서 눈을 떼지 않았습니다. 그리고 무대에 아프리카 아이들이 나타나자 탄성이 쏟아졌습니다. 사실 한국에서 열리는 행사에 아프리카 아이들이 등장할 것이라고 누가 생각을 했겠습니까. 참석한 장관들은 연주가 끝나자 엄지손을 치켜세우며 주최 측에 감사의 인사를 전했습니다. 시에라리온 경제 장관은 그날의 소감을 이렇게 전했습니다.

"강대국들은 우리한테 많은 돈을 지원해 주지만 100원을 투자하면 1000원을 가지고 간다는 것을 알고 있다. 지금은 힘이 없기 때문에 알고도 넘어갈 수 밖에 없지만 한국은 다른 것 같다. 어떻게 아프리카 아이들을 무대에 세울 생각을 했는가?" 이날 남수단 장관은 '남수단 만세!'를 외치기도 했습니다.

저는 국경, 종교, 보수와 진보의 이념을 초월하여 신부님의 삶에 빠져드는 이유가 무엇인지 분석하기 위해 울지마 톤즈를 영어로 번역해 미국의 유명한 리더십센터 다섯곳에 보냈습니다. 다섯 곳 모두 연락이 왔는데, 그중에서 요즘 세계적으로 확산되고 있는 섬김의 리더십을 연구하는 센터를 찾아갔습니다.

섬김의 리더십은 권위를 앞세우지 않고 사람들이 필요한 것을 귀 기울여 듣고 그것을 얻을 수 있도록 봉사한다. 섬김의 리더십을 완성한 로버트 그린리프가 쓴 책은 세계에서 200만 부 이상 팔리며 리더십에 관한 인상을 바꾸어 놓았다. 섬김의 리더십은 지금도 미국의 많은 대학에서 교재로 채택해 강의 중이다. 마이크로소프트사와 같은 세계적인 기업에서도 경영이념으로 삼고 있다.

저는 그린리프센터 연구원들에게 영화를 보여주고 그

들의 의견을 들어보기로 했습니다. 화면 속에 펼쳐지는 한 남자의 모습에서 그들은 눈을 떼지 못합니다. 함께 웃고, 함께 아파하면서 신부님의 삶에 깊이 공감했습니다. 이태석 신부님은 어딜 가든 사람들의 이야기를 듣는 데 많은 시간을 보냈습니다. 켄트키스 소장은 바로 이 점이 서번트 리더, 즉 섬기는 지도자에게 나타나는 가장 두드러지는 특징이라도 말했습니다.

섬김의 리더십은 미국에서 지도자를 배출하는 대학에서 가르치고 최고의 기업에서 교육하고 있습니다. 우리는 똑똑하고, 말 잘하고, 강한 모습을 보여주어야 리더라고 합니다. 그러나 섬김의 리더십은 달랐습니다. 봉사와 헌신이 초점입니다.

섬김의 리더가 되기 위해서는 몇 가지 조건이 있습니다.

첫째는 경청입니다. 내 얘기를 많이 하기 보다는 상대의 얘기를 귀담아 듣는 것이 중요합니다. 둘째는 진심으로 대해야 하는 것이고, 셋째는 욕심이 없어야 되고 마지막으로 함께 살아가는 공동체 의식이 있어야 합니다.

바로 이태석 신부님이 섬김의 삶이었던 것입니다.

가톨릭 교회 일부에서 저에게 신부님의 삶을 일반화한

당신이 있어 비로소 행복한 세상

다고 지적 하지만 리더십센터 켄트키스 소장은 "섬기는 삶이 바로 예수 그리스도의 삶"이라면서 고 이태석 신부님은 예수 그리스도의 삶을 행동으로 실천한 사람이라고 정리해 주었습니다.

종교, 국경, 이념을 초월해 감동하는 이유가 바로 이것이었습니다.

섬기는 리더십을 가장 잘 보여준 분이 또 있습니다. 프란치스코 교황님입니다.


저는 교황님의 가슴에 머리를 대고 있는 사진을 보고 많은 생각을 했습니다. 저 사람은 거울에 비친 자신의 얼굴을 보고 얼마나 괴로워했을까? 그런데 그 흉측한 머리에 누군가 손을 얹습니다. 저는 태어나서 처음으로 대접을 받는 엄청난 순간이며, 한 사람에게 삶의 희망을 품게 하는 세상에서 가장 행복한 순간이라고 생각했습니다. 저는 이태석 신부님이 한센인의 발을 어루만지는 모습과 비교하면서 두 분이 전하는 사랑의 메시지는 똑같다는 것에 너무 놀랐고 세계가 감동하는 이유를 알았습니다.

서번트(섬김)의 삶은 교황님이기 때문에, 신부님이기 때문에 그럴 수 있을 것으로 생각한다면 천만의 말씀입니

다. 섬김의 삶을 살다 세상을 떠난 분을 2008년도에 만났습니다. 이분을 만났기에 이태석 신부님을 더 빨리 이해할 수 있었는지 모릅니다.

500여 개의 쪽방이 골목 사이로 다닥다닥 붙어있는 곳에 600여 명이 살고 있습니다. 40~50대 독신이 가장 많

당신이 있어 비로소 행복한 세상

다고 합니다. 그들은 하루에 1만 원의 방세를 내고 삽니다. 쪽방촌은 삶의 터전을 잃어버린 가난한 이웃들의 마지막 보금자립니다. 아직도 한밤중인 노숙자들이 있는가 하면 아침부터 술자리를 벌이는 사람들도 있습니다. 이곳 영등포 쪽방 촌 한가운데 3층짜리 벽돌 건물이 우뚝 서 있습니다. 이 자리에서만 어느새 11년째, 이곳 사람들에게 무료 진료를 해 주고 있는 요셉의원입니다. 쪽방 촌사람들이 아침부터 누군가를 기다리고 있습니다. 잠시 후 운구차 행렬이 보입니다. 운구 행렬이 도착한 곳은 다름 아닌 요셉의원이었습니다. 유가족과 지인들이 2층으로 올라갑니다. 고인은 예순셋에 생을 마감한 이 병원의 원장인 선우경식 박사입니다. 쪽방촌의 슈바이처라고 불리는 고인은 평생을 빈민 의료사업에 헌신했습니다.

〈추적60분 '가난한 환자는 내게 소중한 선물 이었다' 중에서〉

우리 부모님들은 아이들에게 성공해야 한다는 말씀을 많이 하십니다. 여기서 말하는 성공의 의미는 무엇일까요? 부와 명예입니다. 나만 잘 먹고, 잘 살고, 무시당하지 않고, 대접받고 살면 되는 것이죠. 그러나 이제는 성공에 대한 인식이 바뀌어야 합니다. 그동안 프로그램을 통해서 만났던 성공한 분들의 공통점은 나눔과 봉사, 배려의 삶을 통해 행복해하고, 존경을 받습니다.

행복하고 존경을 받으려면 어떻게 살아야 할까요?

그 해답을 이태석의 신부님의 48년 삶이 말해주고 있습니다. 저는 개인적으로 어렵고 힘들다는 시사 고발 프로그램을 20여 년 동안 놓지 않았습니다. 주위에서 고생을 사서 한다는 걱정도 많이 해주었지만, 신부님이 말씀하신 성경 구절을 통해 그 이유를 이제야 알게 됐습니다.


"가장 보잘것없는 사람 하나에게 해 주는 것이 바로 나에게 해 주는 것이다."


억울한 사람의 이야기를 방송해 주면 고맙다는 인사를 받습니다. 단순히 감사의 인사라고 생각했는데 저를 변화시킨 엄청난 힘이 있었다는 것을 이제는 압니다.

"나는 정말 쓸모 있는 사람이구나!", "누군가에게 도움을 줄 수 있는 능력이 있구나!"라는 것을 깨닫게 해 준 것이죠. 봉사는 남을 도와주는 기쁨도 있지만, 자신의 소중함을 알게 해 준 요술방망이라는 것을 꼭 기억해주셨으면 합니다.

유안진

·시인 ·플로리다주립대학교 대학원 교육심
리학과 박사 ·서울대학교 명예교수 ·박목
월의 추천을 받아 현대문학으로 등단 ·신
간《숙맥노트》등 총 16권의 시집 ·《지란
지교를 꿈꾸며》등 다수의 산문집 출간 ·정
지용 문학상, 한국펜문학상, 윤동주 문학상
등 수상

3

# 성경, 내 작품의 태반

"시가 뭐예요?"


"신(神)입니다.

하느님은 신이지만

'ㄴ'자 하나가 모자라서 시입니다."

영국의 조지 2세 아들인 루이스 왕세자가 신하들과 함께 시골길을 걸어가고 있는데 어디선가 아주 기막히게 행복한 노래가 들려 왔습니다.

"세상 사람 아무도 날 부러워하지 않아도, 나도 세상 사람 아무도 부럽지 않네."라는 노래였습니다.

이 노래가 자꾸 반복해서 들려오는데, 그 가사가 너무 의미심장하고 너무 행복해 보여서 소리 나는 쪽을 찾아가 보았더니, 낡은 물레방앗간이 있었습니다.

머리가 훌렁 벗겨져 파뿌리 같은 머리카락 몇 가닥만 남아 있는 대머리 할아버지가 물레방아 일을 바쁘게 하면서 혼자 신이 나서 "세상 사람 아무도 날 부러워하지 않아도 나도 세상사람 아무도 부럽지 않네."라는 노래를 부르고 있었습니다.

루이스 왕세자는 방해하기가 싫어서 물끄러미 바라만 보고 있었습니다. 그러다가 두 사람의 눈이 딱 마주쳤습니다.

루이스 왕세자는 미안한 마음에 방앗간 할아버지에게 "지나가다가 어르신 노래를 너무 행복하게 들었는데, 나를 위해서 한 번 더 불러줄 수 없겠느냐?"고 묻자 할아버지는 빨리 꺼지라는 손짓을 했습니다.

함께 있던 왕세자 신하들이 "이분이 왕세자신데, 불경스럽게 무릎도 안 꿇고 빨리 꺼지라고 할 수 있느냐?"고 하는데도, 할아버지는 빨리 꺼지라는 손짓만 했습니다. 할 수 없이 왕세자가 돌아서서 가는데, 등 뒤에서 노래가 들려왔습니다.

"세상 사람 아무도 날 부러워하지 않아도, 영국 국왕 루이스는 날 부러워하네." 이런 노래가 들려 왔습니다. 한 번에 그치지 않고 계속 이 노래가 들려 왔습니다.

그런데 그날 루이스 왕세자는 너무 행복해했습니다. 자기가 그 방앗간 할아버지를 부러워한다는 것은 자기가 그

할아버지보다 못하다는 거였지만, 그럼에도 불구하고 왕세자는 너무 행복해했습니다.

이것이 바로 시라는 겁니다. 시라는 것은 별거 아닙니다. 시 하면 저도 어렵게 쓰고, 시대의 유행에 맞춰 쓰지만, 자기가 원하는 것, 자기가 하고 싶은 얘기를 하고, 자기가 하고 싶은 얘기를 듣는 것이 시라고 생각합니다.

그리고 저는 시를 읽어도 잘 모르겠습니다. 지하철역에 시가 많이 걸려있습니다. 서울 시청 앞에 제가 쓴 '떡잎'이라는 시가 있고, 합정역에도 제가 쓴 시가 여러 개 있다고 지인들이 사진을 찍어 휴대폰으로도 보내오고, 이메일도 보내오고 그러는 데, 그 여러 개의 시가 있어도, 자기한테 맞는 시가 있고, 아닌 시가 있습니다.

어떤 시인은 치료를 받으러 한양대병원을 다닌다는데, 한양대입구역을 지나가다 제가 쓴 시를 봤답니다, 그리고 한양대 입구로 가는 언덕길을 올라가면서 제 시가 생각이 나더랍니다. 그래서 짧은 시라 외워져서 외웠는데, 병이 다 난 거 같더랍니다.

그래서 의사 진료를 받기 위해 대기하고 있다가 "내가 의사를 만나서 무슨 소용이 있어. 병이 다 나았는데." 하면서 돌아갔답니다.

그 시인이 외웠다는 시는 '갈대꽃'인데, "지난여름 동안 내 청춘이 마련한 한 줄기의 강물"이라는 구절이 있습니다.

우리의 젊은 시절은 많이 우는 시기입니다. 야망이라든지, 사랑이라든지, 꿈이라든지, 뭐가 잘 안 되고, 가난하니깐 마음에 안 들고, 그러니깐 많이 우는 시절입니다.

"지난여름 동안 내 청춘이 마련한 한 줄기 강물, 이별의 강 언덕에는 하 그리도 흔들어 씻는 손, 그대의 흰 손 갈대꽃은 피어 있어라."

갈대꽃이 그대의 흰 손으로 보였다 해서 제목을 '갈대꽃'이라고 한 시였습니다.

그 시인은 서쪽에 사는 분이었습니다. 신문사에 연락하는 등 수소문해서 저에게 연락이 왔습니다. 서해 앞바다에는 갈대꽃이 많답니다. 그 갈대밭에 산책로가 있는데, 그곳에 시비를 하나 세웠으면 좋겠는데 허락을 해달라는 겁니다.

40년 전 처녀 시절에 쓴 시인데, 사용해 주는 것만으로도 너무너무 감사한데, 내가 뭘 더 받겠느냐고, 안 받아도 괜찮다고 그랬더니, 그게 공무이기 때문에 안 받으면 안 된다고 합니다.

그래서 마음대로 하라고 했더니, 그 지방에 김이 유명하다면서 김을 두 상자나 보내줘서, 제가 사는 빌라에 열두 집이 사는데, 맛있게 나눠 먹은 적이 있습니다.

시는 값으로 치면 아무것도 아닙니다. 그런데 시인들은 왜 목숨 걸고 시를 쓰느냐 하면, 시를 써야 자신의 가슴 속에 응어리진 뭔가가 풀어지고, 또 자신과 비슷한 누군가가 읽어줘서, 그 사람도 뭔가 응어리진 게 풀어지도록 하는 게, 그것이 시의 사명이 아닌가, 그래서 하느님께서 시라는 것을 만드시지 않으셨나, 그런 생각을 해봅니다.

시가 뭐예요? 신(神)입니다. 하느님은 신이지만 'ㄴ' 자 하나가 모자라서 시입니다. 하느님은 말씀이고, '씀' 자 하나 모자라서 시는 말입니다.

"시가 뭐냐?"라는 글을 어디에 썼더니, 중앙일보 기자가 그 부분을 오려서 신문에다 크게 내서 "ㄴ 받침" 하나 모자라서 신이 못 된 것이 시다. 이렇게 쓴 적이 있습니다.

저는 중앙일보를 안 봐서 몰랐는데, 중앙일보 기자가 내 시를 인용해서 그렇게 썼노라고 전화를 해 줘서 알게 되었습니다.

시 쓰는 사람이 전화해 준다고 돈을 받는 것도 아니고,

영광스러워지는 것도 아니지만, 그때 그 기쁨이라는 것이 아무도 모르는 저만의 기쁨이었습니다.

저는 성경에서 시상을 많이 얻는데, 성경책이 제 문학의 태반(胎盤)이라고 생각합니다.

성경 말씀을 가지고 시를 쓰는 것을 신앙시라고 합니다. 아담이 이브를 처음 만났을 때 아담이 시인이 되어 "이는 내 뼈 중의 뼈요, 살 중의 살이다."라는 절창을 쏟아냈듯이, 남편이 부인에게 "이는 내 뼈 중의 뼈요, 살 중의 살이다." 이러면 남편은 시인이 되는 겁니다.

우리는 누구든 시인이 될 수 있습니다. 왜냐하면 우리를 위해 조상을 하느님이 시인으로 만들었기 때문입니다.

나름대로 창세기를 해석하면, 하느님께서 왜 옆구리 뼈라든지, 엉덩이뼈라든지, 발가락뼈로 이브를 만들지 않고 갈비뼈로 만들었을까요?

사랑은 가슴으로 통하므로, 너와 나는 가슴으로 만난 사람이고, 대등하기 때문에 이브를 아담의 갈비뼈로 만들지 않았나. 그렇게 생각을 합니다. 그래서 태초의 우리 인류의 조상은 시인인 것입니다.

제가 이런 시를 쓴 적이 있습니다. "하느님은 시인을 만드셨기 때문에 하느님은 말씀이다." 시는 말이기 때문에

당신이 있어 비로소 행복한 세상

말씀이라는 겁니다.

엔도 슈사쿠라는 일본의 작가가 쓴 〈침묵〉이라는 소설을 꼭 한번 읽어 보시기 바랍니다. 일본 막부시대 때 그리스도교 박해 상황을 토대로 진지하면서도 생동감 있게 그린 소설입니다.

포르투갈의 선교사인 로드리고 신부는 일본에 파견된 스승 페레이라 신부의 배교(背教) 소문을 확인하고자, 일본에 들어가 비밀리에 선교 활동을 하다가 체포되어 배교하기까지의 고뇌와 고통을 그리고 있습니다.

교활하고 비굴한 기치 지로에게 로드리고는 신자들 앞에서 '성모 마리아가 예수님을 안고 계시는 성화'를 밟고 지나가면 신부도 살려주고, 가톨릭 신자들 모두 살려주겠다며 배교를 강요당합니다.

신부님이 신자들에게 그 성화 앞에서 합장하고 기도드리라고 가르쳤는데, 어떻게 신부님께서 그 성화를 밟고 지나갈 수 있겠습니까. 신자들이 울면서 기도하지만 하느님은 침묵만 하고 계십니다.

"가끔 하느님께서 응답하신다."라는 얘기를 들은 적이

있습니다. 하느님을 체험했다는 얘기도 들은 적이 있습니다. 저 또한 비슷한 소리를 들은 적이 있습니다. 지난번 기도를 열심히 할 때 하느님의 목소리를 들은 적이 있는 것도 같습니다.

작년 8월에 오래 병을 앓던 남편이 세상을 떠났습니다. 세례명이 프란치스코인데, 절두산 순교성지 봉안당에 모셨습니다. 그런데 너무너무 힘듭니다. 항상 나란히 앉아서 미사를 드렸는데, 지금은 혼자 앉아서 미사를 드리고 있습니다.

처음에는 못 견디게 괴로워 아는 분들을 만나면 울음이 터졌습니다. 그래서 시간대를 바꿔서 저녁 7시에 미사를 드리러 갔는데도, 그런데도 못 견딜 정도로 괴로웠습니다.

그러던 어느 날, 일어서서 기도를 드리는데 예수님께서 옷이 긴 원피스 같은 크림색인지 베지 색 같은 원피스를 입고, 제 양어깨에 손을 얹은 채 제 오른편에 서 계시는 걸 느꼈습니다. 예수님의 모습은 긴 갈색 머리채의 뒷모습뿐이었습니다. 제 옆에 계시어 저의 오른 편 등이 그분 왼편 가슴에 안겨있다는 느낌이 들었지요. 그러면 주님의 옆모습이 보여야하는데 웬 뒷모습일까? 집에 와서야 그런 생각이 들었습니다.

정말 실제로 예수님이 내 옆에 계셨는지, 제가 환상을 봤는지는 모르지만 중요한 것은 그 일이 있은 후 저의 마음은 조금씩 편안해졌다는 겁니다.

그날 딸에게 "내가 이러이러한 성당에서 이러이러한 체험을 했다. 네 아빠하고 나란히 같이 앉았던 자리에 나 혼자 앉으니깐 너무너무 괴로웠는데, 예수님이 십자가에 못 박혔던 손을 내 어깨 양어깨 위에 올리시고 내 오른편에서 계시는 걸 느꼈다. 내 왼쪽 등이 그분 가슴에 안겨있다는 느낌이었어."

그러자 딸은 엄마가 그런 생각을 했으니깐 그렇다는 겁니다. 제가 그런 생각을 했는지 안 했는지 모르지만, 우리가 그런 신앙적인 체험을 했는지 안 했는지는 모르지만, 하여튼 했다고 그런 생각이 들 때가 있었고, 꿈을 꿀 때도 있고, 그런 걸 느낄 때가 있습니다.

《침묵》이란 소설에서 로드리고 신부는 너무너무 괴로워합니다. 자기 생애 가운데서 가장 아름답다고 여겨 온 성화를, 가장 성스럽다고 여겨 온 성화를, 인간의 가장 높은 이상과 꿈으로 가득 차 있는 성화를 어떻게 가장 낮은 자기 발로 밟고 지나갈 수 있겠습니까.

이때 성화 속의 예수님이 신부를 향해 말합니다. "밟아도 좋다. 네 발의 아픔은 바로 내가 가장 잘 알고 있다. 밟아도 좋다. 나는 너희들에게 밟히기 위해 이 세상에 태어났다. 너희들의 아픔을 나눠 갖기 위해 십자가를 짊어졌던 것이다."

그리고 "아침이 왔다. 닭이 먼 곳에서 울었다." 소설은 이렇게 끝을 맺습니다.

이것은 엔도 슈사쿠라는 소설가가 지어낸 말이지만은 주님이 주신 말이라고 생각합니다.

그것은 시입니다. 소설 안에는 반드시 시가 있고, 시에는 소설이 반드시 같이 있습니다. 따라서 절대로 문학을 어렵게 생각하지 말아야 합니다. 내가 좋으면 그게 내 문학입니다.

"세상 사람 아무도 날 부러워하지 않아도, 나도 세상 사람 아무도 부럽지 않네."

하느님이 나하고 같이 계시는데, 내가 부러울 게 뭐가 있겠습니까. 주님의 두 손이 제 어깨에 있고, 제 오른편 등때기가 주님 왼편 가슴에 항상 있는 것 같은데, 제가 부러울 게 뭐가 있고, 무섭고 겁날 게 뭐가 있겠습니까.

당신이 있어 비로소 행복한 세상

예전에는 사무적인 일과 계산적인 일은 남편이 다 했지 제가 한 적이 없었습니다. 기하학 같은 것은 더군다나 못합니다.

최근에 무슨 일을 하면, 제가 한 번도 해 본 적이 없던 일을 하면 너무나 무섭습니다. 나쁘게 생각하면 세상 사람들에게 제가 당한 것 같고, 저하고 딸을 무시해서 거짓말해서 사기 치는 것 같아, 두려워서 기도하러 갔습니다.

저는 개신교 학교를 나왔습니다. 미션스쿨 고등학교에 다닐 때 바이블 시간도 있고, 수요일마다 예배도 드리고, 그래서 그때 외웠던 성경 말씀이 떠올랐습니다.

"두려워하지 말라. 내가 너를 도우리라. 겁내지 말라. 놀라지 말라. 내가 너의 하느님 됨이라. 내가 너를 굳세게 하리라. 참으로 내가 너를 도우리라. 나의 의로운 오른손으로 내가 너를 도우리라."

이 성경 말씀이 떠오르면서 두려움이 사라졌습니다. 어제 부동산 사무실에 계약하러 갔는데 겁이 하나도 나지 않았습니다. 그래서 8,000원 주고 산 십자가를 부동산 사장님께 드리면서 "기도 안 해도 좋으니까, 여기 사무실에 그냥 붙여 놓으세요." 하고 드렸습니다.

제가 다른 봉사는 못 하지만은 1년에 100개씩 십자가를 사서 드리면, 어떤 분은 너무너무 좋아해요. 너무너무 좋아하는 사람들이 많으세요. 특히 택시기사라든지, 군인이라든지, 진학이나 취업 수험생들 이런 분들은 너무너무 좋아해요. 100개면 80만 원이지만, 하느님께서 저한테 생활비를 넉넉히 주셨기 때문에 제가 그걸 못 살 형편은 아닙니다.

성경 구절을 외우면 훨씬 더 마음의 위로가 옵니다. 그때그때의 성경 구절이 떠오르는 겁니다. 제가 시골에 있는 초가지붕으로 된 교회에 나갔을 때가 열 살이었는가 여덟 살인가 그랬고, 고등학교는 우리 집 뒤에 있던 미션스쿨을 다녔습니다.

남편을 만나 결혼을 해서 교회를 같이 다니려고 했는데, 남편이 교회를 안 나가겠다는 겁니다. 절대로 안 나가겠다는 겁니다. 그런 남편이 서강대 교수를 하면서 저 모르게 6개월 동안 교리 공부를 해서 세례를 받는데, 저보고 같이 받자고 합니다. 월급을 받으면 생활비를 제외하고는 전부 교회에다 헌금하시는 서강대 신부님들에게 너무너무 감동을 받았다는 겁니다.

돌아가셨지만 우리 어머니는 교회의 종신 권사님이셨고, 아버지는 장로님이셨는데 제가 어떻게 남편을 따라 성당을 나갈 수 있겠습니까.

괴로움을 견딜 수 없어서 기도하는데, 어느 날 문득 "안방에서 건넌방으로 건너가나, 건넌방에서 안방으로 가거나가 무슨 상관이 있겠나, 이 집이 다 내 집이고 네 집인데…." 이런 생각이 들었습니다.

"똑같은 하느님이고, 똑같은 예수님이라고 하면 내가 남편을 위해서 못 할 게 또 무엇이 있느냐."

저는 아들을 셋 둔 집안에서 태어났는데 모두 죽는 바람에 딸만 셋이 있는 집에서 맏딸로 자랐습니다. 아들이 없으니까 늘 집안에 불화가 심했습니다. 양자건이나 아버지 새장가들이기건 등으로 집안은 늘 불안하고 우울했고, 손님들과 친척들의 의견도 분분하여, 어머니가 평생 그 치다꺼리를 하시느라 고생이 심하셨습니다.

아버지는 절대 양자를 받아들이지 않겠다고 하시고, 할아버지는 아버지보고 새장가 가서 아들을 낳아 오라는 겁니다.

왜냐하면 고조할아버지가 진사였는데, 증조할아버지가 명성황후 시해사건이 있을 때 만세를 부르다가 왜경의 총을 맞아서 그 병으로 돌아가셨어요. 26세 때 청상과부가 된 증조할머니가 당시 8살이었던 할아버지와 5살이었던 종고모를 키우면서 얼마나 많은 무시를 당하고, 서러움이 많았겠습니까?

사람들이 집에 와서 책을 가져가고, 벼루도 가져가고, 뭣도 가져가는데, 그때마다 할아버지가 "왜 남의 것을 가지고 가느냐?"고 따지면 "어른이 가지고 가는데 어린 게 버릇없다."고 되레 호통치면서, 쓰고 나중에 갖다 놓겠다고 했지만, 쓰고 갖다 놓은 사람은 한 명도 없었다고 합니다.

어릴 적에 너무 서럽게 자라 한이 맺힌 할아버지는 14세의 아버지를 18세의 어머니에게 장가를 보내 우리 집안이 빨리 번창하기를 바라셨습니다. 옛날에는 홍역이나 천연두 같은 것으로 어렸을 때 목숨을 잃는 아이들이 많았습니다. 어머니도 아들 셋이나 낳았는데 그만 홍역이나 천연두로 일찍 죽게 되어 딸만 셋을 키웠습니다. 대를 이을 아들이 필요한 할아버지는 아버지에게 빨리 밖에 나가서 아들을 낳아오라고 강권해 집안이 항상 우울해 있었습니다.

불만이 많았던 저는 앞으로 결혼을 안 하고, 고아를 하나 입양해서 혼자 살겠다고 생각하고 그렇게 기도를 드렸습니다. 그런데 사람이 말을 함부로 하면 안 된다는 것을 나중에 깨달았습니다.

미국 유학하고 있을 때 남자 한 명을 소개받았는데, 혼자된 지 8년이 된 아들 하나 둔 홀아비였습니다.

참으로 기막혀 말도 제대로 할 수 없었습니다. "내가 어떤 사람인데, 우리 문중이 어떤 문중인데…." 후처로 간다는 건, 거기다 아들이 하나 있다는데, 비록 제가 노처녀지만 자존심이 허락하지 않는 겁니다.

그런데 이 남자가 상처를 받는 것 같았습니다. 남자도 저와 결혼 생각이 없는데 주변 친구들이 계속 밀어붙이니까 너무너무 상처를 받는 것 같았습니다.

그래서 고민에 휩싸인 제가 기도를 드렸습니다. 어떻게 하면 좋겠냐고 하느님께 매달렸습니다.

"너는 어떻게 네가 좋은 것만 다 원하느냐. 네가 대학 다닐 때 공짜로 다니게 해줬지, 네가 시골 학교 나왔으면서도 서울대학교에 합격시켜 줬지, 대학원도 공짜로 다녔지. 국비 장학금으로 미국에 유학 오게 했지. 내가 너한테 해 줄 수 있는 거 다 해 줬는데, 너는 네가 싫은 것은 안 하려고 하느냐. 너 고아 한 명 입양해서 키우겠다는 것도 다 거짓말 아니냐?"

기도 중에 이런 생각이 드는 겁니다. 그때 마침 링컨 대통령의 어머니가 생각났습니다.

링컨에게는 두 명의 어머니가 있었는데, 생모는 링컨이 어렸을 때 세상을 떠나 계모의 손에서 컸습니다. 계모는 링컨한테 글을 가르쳐 주고 성경책을 읽어 주고 찬송을 들려주면서 링컨을 그토록 위대한 대통령 링컨이 되도록, 가축에 불과하여 사고팔 수 있는 흑인을 자유로운 인간으로 만들어 주었습니다.

링컨은 그의 친한 친구에게 어머니에 대해 다음과 같이 회상했다고 합니다.

"내가 아직 어려 글을 읽지 못한 때부터, 어머니께서는 날마다 성경을 읽어 주셨고, 나를 위해 기도하는 일을 쉬지 않으셨네. 통나무집에서 읽어 주시던 성경 말씀과 기도 소리가 지금도 내 마음을 울리고 있네. 나의 오늘, 나의 희망, 나의 모든 것은 천사와 같은 나의 어머니에게서 물려받은 것이라네."

링컨을 떠올리면서 나도 링컨처럼 내 아들은 아니지만, 훌륭히 키우면 좋지 않겠는가, 하고서는 남편 친구들의 주선으로 한인교회에서 결혼식을 올렸습니다.

저는 어릴 적 할아버지 몰래 왕복 8km나 되는 예배당을 걸어 다니면서 찬송가를 목이 터지도록 큰 소리로 부르고, 성경 구절을 공부했었습니다. 성경 공부를 하니까 "왜 하필이면 하느님이 첫날에 인간을 처음으로 안 만들고 맨 마지막에 만들었을까?" 하는 상상력이 키워져요.

하느님이 왜 인간을 맨 마지막에 만들었을까요? 우리가 애 낳으려면 포대기 사고, 우유병 사고, 많은 걸 준비해 놓고 애를 낳게 됩니다. 아무 준비 없이 애를 낳으려는 엄마는 없을 겁니다.

사람 먼저 만들어 놓으면 물도 없고 불도 없고 땅도 달도 별도 없고 아무것도 없는데, 그러면 아담이 일주일 내내 굶었을 겁니다. 그러니까 하느님이 식물과 동물 등 우주 만물을 다 만드신 후 마지막으로 아담을 만드셨습니다.

아담이 태어나서 보니까 꽃도 피고 풀도 있고 바람도 불고, 아담이 불편한 게 하나도 없었습니다.

그런데 하느님은 아담과 이브를 같이 만들지, 왜 이브를 늦게 만들었을까요? 남녀가 아니라 여남이 되도록, 여자가 남자보다 앞서도록 어째서 이브를 최초의 인간으로 아니 만들었을까요.

이브는 최신작입니다. 아담은 푸석한 흙으로 만들었지만, 이브는 뼈다귀로 만들었기 때문입니다. 만약에 이브를 흙으로 만들었으면 애를 낳으려고 진통할 때 배가 터져 버렸을 겁니다.

애를 낳아본 엄마들은 알겠지만, 애를 낳을 때 너무너무 고통스러워 죽었으면 하는 심정이에요. 그렇게 아픈데, 만약 이브를 아담처럼 흙으로 만들었으면 배가 터져서 죽었을 겁니다.

이브는 본차이나입니다. 뼈다귀로 만들었기에 이브는 특품입니다. 푸석한 흙덩이로 지은 아담하고는 재질부터 다르게 공들이고, 정성을 다하느라고 맨 나중에 창조한 작품입니다. 남자로 연습을 실컷 하시고 나서 다음에 여자를 만드신 겁니다.

저는 시를 쓰기 시작하면서 창세기에는 참으로 다양하고 풍부한 시적 상상력을 자극하는 무한의 자원이자 태반이 있다고 썼는데, 사실 시는 별로 대단한 게 아니라고 생각하면 됩니다.

창세기에는 무한한 상상력이 숨겨져 있습니다. 성경의 행간을 읽다가, 행간에서 뜻을 이미지를 끌어내는 것입니다. 그것이 시입니다.

일본인 작가는 침묵이라는 소설에서 "나를 밟고 지나가거라. 나는 짓밟히기 위해서 세상에 왔다.", "아침이 왔다. 닭이 먼 곳에서 울었다." 이렇게 끝을 맺습니다.

작가는 로드리고 신부가 성모 마리아상을 밟았다는 얘

당신이 있어 비로소 행복한 세상

기도 아니고 안 밟았다는 얘기도 아니고, 이렇듯 독자가 해석하도록 만들어 가는 것이 문학입니다. 시는 더군다나 그렇습니다.

성경은 이스라엘 민족의 역사서이면서 문학서입니다. 많은 작가가 성경에서 아이디어를 얻어 시를 쓰고 그림을 그립니다.

반 고흐의 아버지는 목사였고, 그의 가족은 존경 받는 중산층 가족이었습니다. 어린 시절부터 고흐는 책 읽기와 그림 그리기를 좋아했지만, 화가가 될 생각은 없었습니다. 화가가 되기로 한 것은 고흐가 어른이 되고도 한참 뒤에 결정한 일이었습니다.

고흐가 늙어 고생하면서 아버지에 대한 불효라든지 하느님에 대한 죄송스러움 때문에 '착한 사마리아인'을 그릴 때 정말 사실적으로 그립니다.

"어떤 사람이 길에서 강도를 만나 가진 것을 모조리 빼앗기고 두들겨 맞아 반쯤 죽은 상태로 쓰러져 있었습니다. 한 사마리아인이 그를 보고서 상처에 기름과 포도주를 붓고 나귀에 태워 여관으로 데려가 보살펴 주었습니다."

그런데 고흐는 사마리아인이 환자를 여관에 데려가서 나귀에 내리는데 옆에서 개가 똥을 싸는 걸 그렸습니다.

사람들은 성화에다 개가 똥을 싸는 모습을 그렸다고 해서 야단법석을 떨었지만, 착한 사마리아인이 하느님의 말씀을 그대로 실천한 것을 개도 똥을 쌀 정도로 좋아했다고, 그렇게 해석도 가능한 겁니다.

영국 낭만주의 시인인 윌리엄 워즈워스는 〈무지개〉 감동을 어린이는 어른의 아버지라는 역설로 제시합니다.

"무지개를 볼 때마다 나의 가슴은 생의 환희로 가득 차나니, 내가 어릴 적에도 이와 똑같았고, 어른이 된 지금도 그렇고, 늙어서도 그럴 것이니, 그렇지 않다면 차라리 죽느니만 못하노라. 아이가 커서 어른이 되나니 세 살 버릇이 여든까지 가나니. 바라건데 내 생애의 나날이 자연을 숭앙하는 어릴 적 마음으로 이어져 갔으면 하노라."

워즈워스 시인은 성경에서 예수님의 "아이 같지 않으면 하느님의 나라에 들어갈 수 없다."라는 말씀에서 착상하고 시를 쓴 겁니다. 결국은 어른이 아이로 돌아가야 한다는 겁니다.

성경을 읽고 쓴 존 버니언의 천로역정과 존 밀턴의 《실낙원》을 보고, 괴테는 《파우스트》를 썼습니다. 우리는 〈우리말사전〉을 국어사전이나 한글사전이라고 하는데, 독일의 사전을 〈괴테사전〉이라고 할 정도로 괴테는 독일 문학

당신이 있어 비로소 행복한 세상

의 아버지입니다.

괴테가 죽기 전에 쓴 《파우스트》에서 젊음을 사기 위해 악마에게 영혼을 판 파우스트 박사를 구원해 주는 사람이 그레트헨이라는 여자인데, 젊은 성모 마리아의 이미지라는 겁니다.

지난해 서울 주보에 글을 썼을 때 친구 시인이 "나는 성경 필사를 일곱 번이나 했는데 모세가 하느님으로부터 사명을 받았을 때의 나이가 80세라는 걸 처음 알았다."면서 저보고 그걸 어떻게 계산했느냐고 물어왔습니다.

성경을 몇 번 읽고 몇 번 필사한 게 중요한 것이 아니라, 한 번 읽고 쓰더라도 하느님이 무슨 뜻으로 이런 말씀을 하셨을까? 하는 생각을 해야 합니다.

제 남편이 "출애굽기에 나오는 말이 레위기에 나오고, 신명기에도 나오고, 또 나오고, 그래서 대충 읽는다."고 해서 "왜 그렇게 반복적으로 나오게 썼는가를 당신이 생각해 봤느냐?"고 묻자, 그건 당신이 생각할 몫이지 자기가 생각할 몫이 아니랍니다. 자기처럼 문학을 안 하는 사람은 같은 내용이 성경 여러 곳에서 반복해서 나오니까, 그 말이 그 말 같고 그래서 짜증이 나고 신경질이 난다는 겁니다.

그만큼 중요하기 때문에 강조하고 또 강조하고, 신명기

에 가서는 모세가 또 강조하고, 강조한 의도가 있었다는 걸 우리가 알면서 읽어야 합니다. 그냥 기도를 기계적으로 하듯이 성경을 읽어서는 안 됩니다.

기도하기가 싫으니까 기도해 드릴 분 이름을 써넣고 기도서를 그냥 읽고 나서, "하느님, 아시죠. 부탁합니다." 하고는 끝납니다. 한 사람을 위해서 한 마디도 진심으로 기도하지 않고, 귀찮으니까 건성으로 읽고 나서 "하느님, 아시죠. 부탁합니다." 의식적으로 기도합니다. 예수님이 살과 피를 찢어서 목숨을 내주셨는데….

"세상 사람 아무도 날 부러워하지 않아도, 영국 국왕 루이스는 날 부러워하네."

사실 루이스는 몸이 약해서 왕에 오르지 못하고 죽었습니다. 아마 후세에 전해지는 과정에서 물레방앗간 할아버지 얘기를 돋보이게 하려고 "루이스 왕세자는 나를 부러워하네."를 "루이스 국왕은 나를 부러워하네."라고 와전되었는지 모릅니다.

우리는 하느님을 가졌기 때문에 "세상 사람 아무도 나를 부러워하지 않아도, 나도 세상 사람 부럽지 않습니다."

하느님은 저를 돈 많은 멋진 집에서 키가 큰 미인으로

태어나 공부 잘하는 천재로 만들어 주시지 않고, 유학 시험에 두 번이나 떨어지게 하셨습니다. 밤마다 제사 지내는 집에서 태어난 나는 너무 힘들었습니다. 잠자려고 하면 깨워서 온 동네 온 이웃집 제삿밥을 돌리게 했기 때문입니다.

유학 가서도 마찬가지입니다. 미국 유학 가서 시험지를 제출하면 "영어의 도움이 필요하다."고 지적합니다. 그럴 때마다 너무너무 화가 납니다. 뭐 같은 사람이, 자기가 남쪽 사투리를 쓰기 때문에 제가 알아듣지 못하는 거는 생각 안 하고, 시험지를 제출할 때마다 "영어의 도움이 필요하다."고, 아무것도 아닌 사람이 저같이 잘난 사람에게 지적합니다.

그때마다 나는 집에 돌아와서 영국의 다이애나 왕세자비가 TV에 나오는 걸 보면서, 어떤 사람은 팔자가 좋아 영국 국왕으로 태어나고, 어떤 사람은 미인으로 태어나서 황태자비가 되어 손에 왕방울만 한 다이아 반지를 끼고 저렇게 편하게 사는데, 나는 밤마다 원고 쓰느라 밤을 꼬박 새우고, 아직도 이렇게 고생하는데 하느님은 너무 불공평하다고 투정을 부렸습니다.

그랬더니 하느님이 "나는 너에게 줄 거 다 줬다. 시골

학교 나온 너를 한 번에 서울대학교 들어가게 해줬지. 대학 공짜로 다니게 해 줬지, 대학원도 공짜로 다니게 해줬지. 유학 시험은 두 번 떨어졌지만 세 번째에 붙게 해줬지. 남편하고도 40여 년 살았으면 됐지, 그런데 네가 뭐가 부족하다는 거냐?" 원하면 고생을 더 시키겠다고 하십니다.

네팔에 큰 지진이 났을 때 네팔에 태어나지 않은 것만 해도 얼마나 감사한 일인지, 일본에 지진 나고 원자로 터졌을 때 일본에 태어나지 않은 것만 해도 얼마나 감사한 일인지….

저는 목사이면서 시인인 랠프 월도 에머슨의 〈성공〉이란 시를 무척 좋아합니다.

성공이 어떤 것이냐 하면, "자주 그리고 많이 웃는 것", 저는 남편이 죽고 나서 너무 힘들어 억지라도 웃는 것처럼 보이기 위해, 입의 근육을 웃음으로 길들이려고 볼펜을 입에 물고 다녔습니다. 남편은 좋은 곳에 갔는데, 내가 왜 매일 슬퍼해야 하는가, "보라 지나갔으니, 보라 새것이 되었도다."라는 성경 구절처럼 "나는 새 사람이야. 새로운 유안진이야." 자주 그리고 많이 웃으면 성공한 겁니다. 억지로라도 많이.

"현명한 이에게 존경받는 것, 아이들에게 사랑받는 것" 아이들은 마음을 보지 얼굴은 안 보기 때문에 아무리 잘생기고 돈이 많아도 자기가 좋아하지 않는 사람은 사랑하지 않습니다.

"정직한 비평가에게 찬사를 듣는 것, 남의 비판에 감사할 줄 아는 것, 거짓 친구의 배반을 참아내는 것."

살다 보면 친구들에게 많은 배반을 당하기 마련입니다. 어느 직장을 가든지 반드시 천적은 있기 마련입니다. 저는 유학 기간을 포함해 24세에 취직을 해서 45년 동안 공직생활을 했습니다. 그 경쟁 속에서 짓밟히고, 배신당하고, 쓰러뜨림을 당하고, 그때마다 하느님 붙잡고 "하느님, 저 알죠. 억울한 거 알죠. 내가 잘못한 게 있으면 용서해 주시고, 저 친구가 잘못한 게 있으면 용서하지 마세요." 그랬습니다.

"아름다움을 식별할 줄 아는 것."

지금 보면 아름답지 않은 게 아무것도 없습니다. 특히 독초가 자라는데 너무너무 아름답습니다. 이거 먹으면 죽는데, 어떻게 하느님이 이렇게 아름답게 만드셨는지 모릅니다.

"다른 사람에게서 최선의 것을 발견하는 것."

폐지 실은 리어카를 끌고 가는 할머니에게서 최선을 발견하는 것, 그건 할머니의 인생에 최선입니다. 밑천이 조금밖에 안 돼도 하느님은 "네 최선이 100%다." 그러십니다.

"건강한 아이를 낳든, 한 뙈기의 정원을 가꾸든, 사회 환경을 개선하든 간에 세상을 자기가 태어나기 전보다 조금이라도 더 살기 좋은 곳으로 만드는 것."

내가 이 세상에 왔으므로 도움이 되게 하고 떠나는 것, 그런데 우리는 그런 생각을 못 합니다. "하느님은 왜 나 같은 놈을 세상에 보내셨는지 몰라. 너무너무 쓸모없는 것 같아." 이런 생각할 때가 참 많습니다. 사실은 안 그런데, 자신을 혹평할 때가 많습니다.

우리 이웃집 아저씨는 저한테 18년 동안 옆집에 살면서 한 번도 인사를 한 적이 없습니다. 제가 자기보다 나이도 많은데, '저 나이가 되도록 뭘 먹고 살아서 저 모양인지.' 너무너무 한심해 보입니다. 그런데 그 사람이 있으므로 해서 제가 반면교사(反面教師) 역할을 하는 겁니다. 내가 "안녕하세요?" 하면 그 사람 마음속에 변화가 있겠지 싶어, 18년 동안 "안녕하세요?" 했으니까 뭔가 있겠지 싶어.

"자신이 살았었기에 단 한 사람이라도 좀 더 마음 놓고

당신이 있어 비로소 행복한 세상

살아간다는 사실을 아는 것, 이것이 성공이다."

자기로 인해서 누군가가 행복하다는 것, 그러면 그 사람은 이 세상에 온 게 성공한 겁니다.

랠프 월도 에머슨의 이 시가 왜 세계적인 시가 되었느냐 하면, 미국인들의 철학을 가장 대표하는 철학이기 때문입니다.

세계 어느 나라에도 돈에다 "in God we trust, 우리는 하느님을 믿는다."고 쓴 나라는 없습니다. 미국뿐입니다. 미국은 대통령에 당선되어 취임할 때에도 성경에 손을 올려놓고 선서합니다.

미국의 모든 공립학교에서는 유치원에서 고등학교까지 수업을 하기 전에 기도를 먼저 하고 시작했었습니다. 그런데 존 F. 케네디 대통령 때부터 종교가 다른 학생들을 위해서 기도를 못 하게 막았습니다. 저는 그것이 케네디 대통령의 최대의 실책이라고 생각합니다. 그 이후로 불행이 계속 이어졌으니까 말입니다.

기도하고 시작하는 아이와 기도하지 않고 시작하는 아이는 인생이 달라도 뭔가 다릅니다. 성경을 알고도 성경을 무시하는 사람과 성경을 모르면서 성경을 무시하는 사람은 다릅니다.

어릴 적부터 성경을 배우고 성장한 아이는 나쁜 곳에 발을 들여놓지 않습니다. 간혹 나쁜 곳에 빠졌더라도 더 이상 가지 않고 되돌아옵니다. 그만큼 종교교육이 중요합니다.

모든 문학작품은 그 작품이 태어난 시대의 가치를 나타냅니다. 《춘향전》이 나왔을 때는 여자들에게 정절을 지키라는 것이고, 흥부와 놀부가 나왔을 때는 형제지간에 우애 있게 지내라는 것입니다.

인도의 가난한 어떤 농부가 있었는데, 아이를 하나 낳았습니다. "아가야, 이 세상에 많은 사람이 있는데, 하필이면 왜 내 아들로 태어났니?" 하고 묻자, "나는 전생에 나무장사꾼이었는데 당신이 내 나무 한 짐을 외상으로 가져가고 그 값을 갚지 않아서 당신 아들로 태어났습니다."라고 아기가 대답했습니다. 농부가 기막혀서 "그러면 내가 나무 한 짐 값을 너에게 주면 너는 떠나겠니?" 했더니 떠난다고 하기에 농부가 은전 두 닢을 구해와 아기의 입에다 넣어주자 아가는 세상을 떠나고 말았습니다.

그러고 몇 년 지나서 아내가 아들을 또 하나 낳았는데, 이번에도 농부가 그 아기에게 "아가야, 너는 알고 있는지

당신이 있어 비로소 행복한 세상

모르겠지만 나는 송곳 하나 꽂을 땅도 없는 가난뱅이란다. 너는 부모를 잘못 만난 거야. 비단옷 입고 가마 타고 다니는 그런 집 아들로 태어나지, 왜 나 같은 가난한 농부의 아들로 태어났니?" 하고 묻자 "당신이 전생에 나한테서 동백기름을 외상으로 가져가고 그 값을 치르지 않아 내가 당신의 아들로 태어났습니다." 이번에도 농부는 동백기름을 한 통 사서 아내에게 아기를 씻길 때마다 솜에 찍어서 발라 주라고 했습니다.

아기가 100일쯤 지난 어느 날 아내가 밭에서 일을 하고 있는 농부에게 달려와 아기가 죽을 것 같다고 알려왔습니다. "내가 나올 때만 해도 아기가 방긋방긋 웃었는데, 왜 죽을 것 같으냐?"고 묻자, 아내는 "아가의 몸이 불덩이처럼 뜨겁고 입을 벌린 채 숨을 제대로 못 쉰다."면서 아기가 죽을까 봐 발을 동동 굴렀습니다.

가만히 생각에 잠겼던 농부는 동백기름이 떨어졌으면 통 안의 구석에 있는 기름 찌꺼기까지 박박 긁어서 발라주라고 아내에게 일렀습니다. 농부의 말을 들은 아내가 통 안에 있는 동백기름 찌꺼기를 박박 긁어서 아기에게 발라주었는데도 아기는 그만 죽고 말았습니다.

이 세상에서 제일 무서운 동물은 자식 잃은 엄마입니

다. 아기를 잃은 아내는 농부에게 "당신이 시키는 대로 해서 아기가 죽었다."고, 하나도 아니고 둘씩이나 죽었다고, 당신 같은 사람하고 같이 못 살겠다고 펄쩍펄쩍 뛰었습니다.

그러자 농부는 "하나는 전생에 나무장사꾼이었고, 하나는 동백기름 장사꾼이었는데, 내가 외상으로 가져가 돈을 주지 않아서 우리 아들로 태어났는데, 그 돈을 다 갚으니까 떠나버렸다."면서 "그 아이들하고의 인연이 그것밖에 안 된다."고 아내를 위로하고 달랬습니다.

그리고 몇 년 후에 농부의 아내는 또 아들을 하나 낳았습니다. 농부는 지난번처럼 아기에게 묻고 싶었지만 "다음에 아기를 낳으면 절대 물어보지 않겠다."고 한 아내와의 약속 때문에 입을 딱 다물고 있었습니다.

하루는 아내가 멀리 가는 것을 본 농부가 도저히 궁금증을 참을 수가 없어서 "아가야, 너는 이 세상에 많은 사람이 있는데, 왜 하필이면 내 아들로 태어났니?" 하고 아가에게 묻자 "나는 전생에 사기꾼이었는데, 당신한테 은전 스무 냥을 사기를 쳐서 그것을 갚아 주려고 당신 아들로 태어났습니다."고 대답하는 겁니다.

아가의 말을 듣고 농부는 아내를 불러 "지난번 두 아들은 우리한테 전생에 받지 못한 돈과 동백기름을 받으러 왔는데, 이번 아들은 우리한테 사기 친 스무 냥을 갚으러 왔다."는 것을 말해 주었습니다.

전번 두 아들은 빚진 것을 갚자마자 떠났기 때문에, 이번 아들이 돈을 일찍 갚을 경우 바로 떠날 것을 염려해 오래오래 돈을 갚지 못하도록 농부와 아내는 머리를 맞대고 심도 있게 의논하였습니다.

그 아기가 무럭무럭 자라서 어른이 되어 장사를 시작하였는데, 전생에 사기꾼이었던지라 돈 버는 데는 일가견이 있었습니다.

농부는 아들을 위해 고생고생 농사를 지어 모은 돈으로 나귀 한 마리를 사서 아들에게 주었습니다. 어느 날 농부는 새벽녘에 아들이 대자로 누워 드르렁드르렁 코를 골며 자는 모습을 보고 밭으로 나왔습니다. 농부가 한참 밭에서 일하는데 아내가 숨차게 달려와 아들이 죽었다는 겁니다. 새벽에 나올 때만 해도 대자로 누워 코를 골며 자던 아들이 갑자기 죽었다니, 믿지 못하겠다는 얼굴로 아내에게 아들이 왜 죽었느냐고 묻자 "당신이 나귀를 사주지 않았으면 아들이 죽는 일이 없었을 텐데, 당신이 나귀를 사줘서 죽었다."고 농부를 원망했습니다.

장사를 하러 떠나려고 나귀를 타려는데 나귀가 발광하는 바람에 그만 나귀에서 떨어지면서 머리가 바위에 부딪혀서 죽었다는 겁니다. 농부가 아내의 손을 봤더니 아들의 전대가 들려 있었습니다. 그러니까 아들이 나귀를 타려고 하는데 나귀가 말을 잘 듣지 않자 전대를 어머니에게 맡기고 나귀를 타는 순간 사고가 났던 겁니다. 그 전대를 열어봤더니 더도 말고 덜도 말고 딱 은전 스무 냥이 들어 있었습니다.

그리고 "그러므로 여러분 빚을 지지 맙시다."라는 말로 끝을 맺습니다. 이 이야기는 인도의 초등학교 교과서에 나오는 이야기입니다.

세계에서 돈을 제일 잘 버는 기업가들이 누구냐 하면, 개신교 신자들이고, 다음으로는 천주교 신자들이랍니다.

불교 신자들의 나라는 가난하답니다. 그건 운명이랍니다. 내가 전생에 뭐했기 때문에 가난하게 사는 거고, 내가 전생에 뭐했기 때문에 장애인으로 태어났고, 내가 전생에 뭐했기 때문에 뭐하고, 다 내 탓이라는 겁니다.

남자가 40세가 되면 자식은 아내에게 맡기고, 후세에 잘 태어나려고 수도원으로 도를 닦으러 들어간다고 합니

당신이 있어 비로소 행복한 세상

다. 그게 다 윤회설 때문에 그렇다는 겁니다. 윤회가 있는지 없는지 모르겠지만 저는 윤회설을 믿고 싶지 않습니다.

하느님은, 하느님의 계명을 지키는 자에게는 천 대까지 은혜를 베풀지만, 계명을 어기는 자에게는 죄를 아비로부터 아들까지 삼사 대에 이르도록 하셨습니다. 즉, 아비가 죄를 짓지 않으면 자식한테 죄가 안 간다는 말입니다. 아비가 신 포도를 먹었으므로 아들의 이가 시지 않다는 것은, 아비의 죄 때문에 아들이 벌을 받지 않는다는 겁니다.


이 이야기는 이슬람 책에 나오는 이야기입니다. 어떤 수도자가 수도원에서 10년을 스승 밑에서 공부하다가 더는 공부할 게 없자, 스승이 준 나귀 한 마리를 데리고 바깥 세상으로 나옵니다.

수도원에서 10년 이상 있었던 사람이라 세상 물정을 몰라 나귀가 가는 데로 따라갔는데, 그만 나귀가 사막에서 죽고 말았습니다. 나귀를 모래 언덕에 묻어주고 나서 그는 사람들이 지나갈 때마다 목 놓아 울었습니다.

그에게 "왜 우느냐?"고 묻는 사람들에게 그가 "내 친구가 죽어서 여기에 묻었다"고 하자, 사람들은 보아하니 도를 닦은 수도승 같으니까 나귀 무덤에다 돈을 주고 가고,

또 돈을 주고 가고…, 이렇게 해서 금방 많은 돈을 모은 그는 나귀 무덤을 크고 근사하게 다시 만들고, 자기는 멋진 수도복으로 갈아입었습니다.

제자가 성공했다는 소식을 접한 그의 스승이 찾아왔습니다. "너는 어떻게 해서 이렇게 성공을 했느냐?", "스승님이 주신 나귀가 죽어서 여기에 묻고 울었더니 사람들이 돈을 주고 가서 이렇게 되었습니다. 그런데 스승님 사원의 그무덤 속에는 뭐가 들어 있습니까?" 그러자 스승이 "여기서 죽은 나귀의 어미가 묻혀 있다."고 답했습니다. 인간이리는 게 참으로 어리석을 수 있다는 이야기입니다.


우리는 옛날부터 팔자대로 살지, 운명은 자기가 개척하는 것이 아니라고 알았습니다. 신학에서도 예정설이 있는데, 예정설이 곧 운명이라고도 합니다. 운명설에 반대해서 일으킨 사람은 보브와르와의 계약결혼으로 유명한 프랑스의 사르트르입니다.

실제로 계약결혼을 해서 살았던 사람은 지금으로부터 300년 전인 조선의 황진이와 이사종이라는 가객입니다.

이사종이 개성의 천수원 냇가에서 발을 씻으며 노래를 부르고 있을 때 마침 그곳을 지나던 황진이는 그 노랫소리

당신이 있어 비로소 행복한 세상

에 흠뻑 빠져들어 먼저 말을 건넵니다. 그리고 그가 당대의 명창인 이사종임을 알고 반가워하고, 그녀와 눈이 마주친 그는 그녀의 아름다운 미모에 넋을 잃고, 그렇게 해서 서로 마음이 맞은 두 사람은 사랑하는 사이가 됩니다.

두 사람은 한양의 이사종의 집에서 3년, 황진이의 집에서 3년, 그렇게 6년 동안 함께 살 것을 약속합니다.

이사종의 첩이 된 황진이는 그동안 기생 노릇을 하면서 번 돈으로 시부모를 공경하고 그의 처자를 정성껏 돌보며 3년을 지내다가, 이번엔 이사종이 황진이가 했던 것처럼 그녀의 가족을 3년 동안 먹여 살립니다. 그리고 약속대로 6년이 되는 날 두 사람은 헤어집니다.


사팔뜨기인 사르트르는 키가 작고 못생긴 사람이었습니다. 어떤 사람은 다리 밑의 거지 아들로 태어나고, 어떤 사람은 입에 금수저를 물고 태어나고…, 이건 "하느님이 공평하지 않다는 증거"라면서, 사르트르는 거지 아들로 태어난 것도 우연이고, 금수저를 물고 태어난 것도 우연이지 운명이 아니라는 것입니다.

사르트르의 사상을 잘 표현한 대표적인 작품이 《벽》이라는 단편소설로, 스페인 내전 당시 프랑코 군사독재 정권

시대를 배경으로 하고 있습니다.

홀어머니를 모시고 누이동생과 함께 가난하게 살던 파블로라는 청년이 군사독재 정권에 저항하는 레지스탕스에 들어갑니다. 그는 레지스탕스의 주동자인 라몬 그리스와 "우리는 태어난 날은 달라도 죽는 날은 같다."는 맹세를 합니다.

어느 날 둘이서 마드리드 공동묘지 은신처에서 공작하고 있을 때 군인들이 그들을 체포하기 위해 들이닥칩니다. 이런 상황을 많이 겪어본 라몬 그리스는 미리 낌새를 차리고 얼른 숨어 버리지만, 파블로는 어리벙벙하게 있다가 체포되고 맙니다.

군인 장교는 파블로에게 "내란의 주모자인 라몬 그리스가 숨어있는 곳을 알려주면 많은 상금과 함께 석방해 주겠다."고 약속하지만, 그는 "태어난 날은 달라도 죽는 날은 같다."며 혈맹을 맺은 라몬 그리스를 배신할 수 없었습니다.

결국 파블로는 군사재판에 넘겨져 저녁때가 되어서야 사형선고를 받게 되어 사형집행은 다음 날 아침에 하는 것으로 결정되었습니다.

사방이 벽으로 되어 있고 작은 창문이 하나 있는 방에

간힌 파블로는 "자기가 죄를 짓고 죽는 것이 아니라 라몬 그리스 대신 죽어야 하는가?"라고 고민하기 시작합니다. 내가 죽으면 사랑하는 그녀는 어떻게 될 것인가, 나만 보고 살아온 어머니는 어떻게 되고 누이동생은? 생각을 해보니까 인생은 코미디인 겁니다.

"내가 왜 내란 주동자인 라몬 그리스를 대신해 죽어야 하는가?" 파블로가 밤새도록 생각해봐도 인생은 코미디인 겁니다. 그렇다면 "내가 코미디를 한 번 연출하고 죽겠다."면서 군인 장교에게 라몬 그리스가 있는 곳은 마드리드 동쪽의 공동묘지라고 가르쳐 줍니다.

그런데 라몬 그리스는 파블로가 서쪽 공동묘지 은신처에 있다가 체포되었는데, 아무리 혈맹을 맺은 사이라도 자기가 죽을 지경이면 밀고할 것이라고 생각하고, 반대편인 동쪽 공동묘지에 숨어 있다가 체포되어 처형됩니다.

덕분에 파블로는 많은 보상을 받고 풀려나고, 프랑코 군사독 재정권은 오랫동안 유지됩니다.

사르트르는 이러한 모든 것들이 운명이 아니고 우연(偶然)이라는 겁니다. 자기가 사팔뜨기인 것도 우연이고, 키가 작은 것도 우연이고, 우연이 아니고 운명이라고 하면 너무 잔인하다고 말합니다.

하느님은 모세를 지도자로 만들기 위해 이집트의 왕녀 아들로 입양시켜 바로의 궁전에서 최고의 학문을 40년 동안 배우게 하여 리더십을 키우게 합니다. 지도자는 지혜와 통솔력이 출중해야 합니다. 당시 최고 문명국가였던 이집트 왕실에서 최고 왕자수업을 받은 모세는 이스라엘 히브리인 민족을 가나안 땅까지 인도하고 모세 5경을 쓰게 합니다.

성경의 첫 부분인 "창, 출, 레, 민 신" 즉, 창세기, 출애굽기, 레위기, 민수기, 신명기, 이 다섯 권의 책을 모세가 기록하였다고 하여 모세 5경이라고 합니다.


어릴 적 우리 마을에서는 낮에 글 읽는 소리가 앞산과 뒷산을 쩌렁쩌렁 울렸습니다. 사내아이들이 천자문과 논어와 맹자를 읽는 소리입니다. 손자가 없는 할아버지는 저에게 천자문을 가르쳐 주셨는데, 동네 사람들이 계집애에게 천자문을 가르친다고 욕과 손가락질을 해댔습니다.

그 《천자문》 중에 "雲騰致雨 露結爲霜(운등치우 노결위상) 구름 위에 올라가서 비를 이루고, 이슬이 맺혀서 서리가 된다."라는 구절이 있습니다.

《천자문》은 양나라의 주흥사가 무제의 명에 따라 가장

좋은 시가 되도록 글귀를 맞추어 만든 책으로, 하룻밤 사이에 만드느라 머리털이 하얗게 세었다고 하여 "백수문(白首文)"이라고도 합니다.

어느 날 할아버지가 '서리 상(霜)'에 얽힌 이야기를 해 주셨습니다. 한 마을에 훈장이 있었는데, 서리가 내려 날씨가 몹시 추운 날 부잣집 아이와 과부의 외아들이 공부하러 왔습니다. 그래서 훈장이 두 아이에게 '서리 상(霜)'을 주고 시를 지으라고 시켰습니다.

먼저 부잣집 아이가 "아무리 서리가 내리고 눈이 내려봐라. 둥지가 따뜻한 새는 알을 낳아 새끼를 친다."고 지었고, 과부의 외아들은 "서리 오고 눈까지 내리니 굴이 없는 호랑이는 밤새도록 눈 덮인 산에서 백수의 왕이 될 기량을 키운다."고 지었습니다.

저는 할아버지가 과부의 외아들이니까, 과부의 외아들이 지은 시를 더 좋게 말씀하시는구나 생각을 해서 부잣집 아이도 시를 잘 지었다고 하자 할아버지는 그건 시가 아니라고 지적하셨습니다.

왜냐하면 새들은 봄에 알을 낳아 풀씨와 벌레를 잡아서 새끼를 먹이면 가을이 되어 털이 나서 추운 겨울을 견딜 수 있지만, 가을에 새가 알을 낳게 되면 새끼는 털이 없어 추위에 얼어 죽게 되므로 가을에 알을 낳는 새가 없다는 겁니다.

그래서 부잣집 아이의 시는 이치에 맞지 않아 시가 아니고, 과부의 외아들 시는 호랑이는 굴속에서 사는데, 힘센 호랑이들이 굴을 다 차지해 버리면 새끼 호랑이는 들어갈 굴이 없어 밤새 얼어 죽지 않으려고 눈 덮인 산을 뛰어다녀 나중에는 백 가지의 짐승 중에 왕이 된다는 "초년고생은 금을 주고서라도 산다."라는 이치가 들어있어 잘된 시라고 합니다.

저는 평생 할아버지가 들려주신 그 이야기는 제가 시를 쓰는 데 있어서 스승이라고 생각합니다. 그 어떤 스승도, 그 어떤 이론서도 명료하게 시에 대해서 이야기해 주는 사람이 없었습니다.


탈무드에 보면 아버지는 선생님입니다. 그날 직장에 있었던 일을 이야기해 주면 사회를 보는 눈을 아버지를 통해서 키우게 됩니다.

"너는 걱정하지 말고 공부나 열심히 해라." 그 아이는 시험은 잘 치르겠지만, 사회에 나가면 바보가 됩니다. 세상을 모르면 바보가 되는 됩니다.

당신이 있어 비로소 행복한 세상

경험이 천재보다 낫습니다. 경험하지 않고서는 지혜가 생기지 않습니다. 지식은 책을 읽고 주워들으면 되지만, 지혜는 경험에서 나오는 겁니다.

어느 날 서산대사와 사명당이 길을 나섰습니다. 다리도 아프고 배도 고프고 해서 잠시 쉬기 위해 앉았는데 누렁소와 검은 소가 한가롭게 낮잠을 자고 있는 것이 보였습니다. 마침 심심했던 사명당이 스승인 서산대사에게 물었습니다.

"스승님, 누렁소와 검은 소 둘 중 어느 소가 먼저 일어나겠습니까?"

"사명당, 자네가 먼저 맞혀보게나."

사명당이 주역의 궤를 뽑자 불 화(火) 자가 나왔습니다.

"누렁소가 먼저 일어날 것 같습니다."

"글쎄, 아닐걸."

서산대사의가 말이 끝나기도 전에 검은 소가 먼저 일어나고 누렁소가 따라서 일어났습니다.

"분명히 불 화(火) 자가 나왔는데, 어째서 검은 소가 먼저 일어난 것입니까?"

"자네는 불을 한 번도 안 피워 보셨는가. 불은 원래 검은 연기가 먼저 피어오르고 그다음에 빨간 불꽃이 이는 거지. 그러니까 검은 소가 먼저 일어나고 누렁소가 나중에 일어난 것일세."

그러던 어느 늦가을, 서산대사와 사명당이 다시 먼 길을 떠나게 되었습니다. 날이 저물어 산을 넘어갈 수 없어 어느 가난한 불자의 집에서 도착한 두 분은 주인에게 하룻밤 쉬어가게 해달라고 청했습니다.

주인은 방을 내어 주며 쉬게 하고 부인에게 배고픈 대사님을 위해 저녁 식사를 준비하라고 했습니다. 그런데 먹을 것이 떨어진 터라 부인이 온 집안을 뒤지자 밀가루가 한 사발 나왔습니다.

부인이 밀가루로 국수를 밀어서 물을 많이 부으면 두 그릇은 되겠다 싶어 국수를 만들겠다고 하였습니다.

늦은 저녁 식사를 기다리던 사명당이 스승에게 물었습니다.

"스승님, 오늘 저녁 공양으로 뭐가 나올까요?"

"사명당 자네는 뭐가 나올 것 같은가?"

사명당이 주역의 궤를 뽑자 뱀 사(巳) 자가 나왔습니다.

"틀림없이 국수가 나올 겁니다."

"글쎄, 아닐걸."

그때 주인이 들어와 이번에는 스승님보다 제자분이 이겼다면서, 부인이 반찬이 없어 국수를 하고 있다고 말을 했습니다. 그러나 나온 건 수제비였습니다. 부인이 조금뿐인 밀가루에 물을 많이 넣어 질어지자 밀가루가 더 없어서 할 수 없이 수제비를 만들게 된 것입니다.

"스승님, 제가 분명 뱀 사(巳) 자를 뽑았는데, 왜 수제비가 나왔습니까?"

"지금이 어느 때인가. 늦가을이지. 늦가을에 뱀이 땅속에 들어가 잠을 잘 때 어떻게 자는가. 꽈리는 틀고 자니까, 국수가 아니고 수제비라네."

사명당은 진심으로 스승의 지혜에 탄복했습니다. 경험이 천재보다 낫다는 것을 서산대사가 보여 주신 것입니다.


시골아이들은 땅에 구멍이 있으면 손을 넣어보고 훈훈한 구멍이면 쥐구멍이고, 서늘한 구멍이면 뱀 구멍이라는 것을 누가 가르쳐 주지 않았는데도 다 알고 있습니다.

경험을 많이 해봐야 합니다. 설거지도 시켜보고, 집수리도 시켜보고, 풀도 뽑아보게 하고, 청소도 많이 시켜보고….

서울대학교에서 노벨상 수상자를 초청하여 특강을 한

적이 있었습니다. 이분들 얘기는 경험을 많이 시키라는 겁니다. 저의 시 중에 〈실패할 수 있는 용기〉라는 시가 있습니다. 실패를 겁내지 않는 용기를 가지라는 말입니다. 신앙도 실패를 많이 경험한 사람에게 신앙이 단단히 박히는 겁니다.

운명설과 우연설이 있는데 우리는 운명설도 아니고 우연설도 아니고 하느님의 뜻의 설입니다. "하느님을 아는 것이 지혜의 근본"이라고 성경에 쓰여 있으니까요.

우리가 살아오느라 만들어지게 된 삶의 상처(경험)에다 상상력을 보태면 그것이 예술입니다. 렘브란트의 〈돌아온 탕자〉도 되고, 다빈치의 모나리자도 되고, 괴테의 《파우스트》도 되고, 에머슨의 〈성공〉이란 시도 되고….

〈일상의 밑줄〉이라는 시는 마르코 복음을 읽다가 쓴 시입니다.

"우연히 열린 마르코 복음/ 최후의 희망이던 성전까지 박살 나/ 복음의 시작으로 다시 시작하자고/ 첫 줄 첫 글자도 시작인가/ 시작이야말로 흔들리지 않는/일상이라는 것이."

이걸 읽으면서 시몬과 안드레아가 바다에서 일상적으

당신이 있어 비로소 행복한 세상

로 그물을 던지다가 예수님을 만났고, 요한과 야고보가 그물을 집다가 예수님을 만났습니다.

갈릴리아 호수에서 시몬과 안드레아가 어제처럼 어망을 던질 때, 요한과 야고보도 어제처럼 그물을 깁고 있을 때, 세리 마태오도 어제처럼 세관 일에 바쁠 때 부르심을 받았습니다.

우리가 일상에 열중할 때 예수님이 우리를 불러 주신다는 신의 뜻은 일상 현장의 사소한 일에 충실하라는 뜻일 겁니다. 어물쩍 대충, 얼레벌레, 얼렁뚱땅 때우지 말자고 이런 시를 썼습니다.

남편이 살았을 때 내 말을 너무 안 들어 '한국 남편'이라는 제목으로 시를 썼습니다.

"에덴동산이 한국 땅에 있었더라면/ 안타깝다/ 아담이 한국 남자였더라면/ 절대로 아내 말을 듣지 않았을 텐데."

아담이 아내의 말을 듣지 않았으면 선악과를 따먹지 않았을 겁니다. 또 조용한 것이 종교라 해서 〈떡잎〉이라는 제목으로 시를 썼습니다.

"조용히 문을 여는 한 왕조를 본다/ 두 연인이 일으키는 어린 왕국이여/ 저마다의 생애는 영광과 비극의 대서사시/ 그 첫 장을 기록하는 떡잎 두 쪽/ 봄 아지랑이 황홀

한 춤 앞세워/ 모든 인연이 움 돋았건만."

하느님은 우리의 모든 생명체 하나하나를 다 왕국으로 세웠다고 쓴 시입니다.

눈으로 마음으로 성경 많이 읽으시고, "왜 이렇게 썼을까?" 하고 질문도 많이 하시고, 그러면서 문학작품으로서 성서를 이해하길 바랍니다.

당신이 있어 비로소 행복한 세상

## 이정숙

·'언어 천재'이자 청년 지식인 조승연의 어머니. ·KBS 아나운서 역임 ·미국 미시간 주립대 커뮤니케이션 스피치 이론 석사 ·국내 최초 스피치 컨설턴트 및 대화 전문가 ·에듀테이너그룹 대표 ·유쾌한대화연구소 대표 ·《부모와 자녀가 꼭 알아야 할 대화법》,《양육의 신》등 다수 저서

# 4

# 가족과의 유쾌한 대화법

신앙을 가진 분들의 장점이 뭐냐 하면 기도를 열심히 하는 거예
요.

기도할 때 나쁜 말을 하는 사람은 없습니다.

그래서 잘 되는 것 같습니다.

하느님이 들어주시기 전에 내 뇌가 먼저 들어주기 때문입니다.

살면서 나중에 무덤에 들어갈 때 하느님께서 "네가 살아있을 때 제일 잘한 것이 뭐냐"고 물으시면 나는 "두 아들을 잘 키웠습니다."라고 대답할 것입니다. 주위에서 저에게 아들 둘을 잘 키웠다는 말씀을 해주십니다. 그리고 저 또한 그렇게 생각합니다. 그런데 제가 아들을 잘 키운 그 비결이 바로 대화법입니다. 화법을 바꾸면 아이들은 저절로 잘하고, 잘 큽니다.

제가 성경에서 제일 좋아하는 말씀이 창세기 1장 1절입니다.

"하느님께서 천지를 창조하셨다. 이어서 빛이 되라 하

셨더니 빛이 되었다."

하느님께서 말씀하시니 그대로 이루어졌습니다. 말씀으로 세상을 창조하신 겁니다. 말은 없는 것을 만들어내는 신비로운 것입니다.

과학자들이 뇌가 어떻게 움직이는가에 대해 많은 연구를 한 결과, 말이 얼마나 중요한가가 과학적으로 증명되었습니다. 말한 대로 생각이 바뀌고 세상이 보인다는 것이 증명된 것입니다.

미국의 저명한 연구소에서 30명을 대상으로 한 연구를 진행한 보고서가 있습니다. 사람이 말을 할 때 뇌가 어떻게 반응하는가를 실험한 것입니다. 첫 번째로, 점잖은 신사에게 욕이 나올 정도로 심한 모욕을 줬습니다. 그러자 놀랍게도 그 사람들 뇌 앞쪽의 작은 주머니 모양의 시냅스(Synapse-신경세포의 접합부를 가리키는 말)가 죽은 피색깔을 띠었습니다.

앞이마에 죽은 피 색깔의 시냅스가 많은 사람은 하는 일마다 재수가 없습니다. 그리고 꼭 안 되는 일만 눈에 보입니다.

택시를 타려고 기다리는데 계속 안 와서 조금 내려가서 타면 되나 하고 내려갔는데, 다른 사람이 먼저 택시를 잡아탑니다. "왜, 내가 기다릴 때는 오지 않던 택시가 저 사람이 오니까 오지?" 그게 아니고, 내 눈에 그게 보인 겁니다.

어떻게 말하고 사는가에 따라서 세상을 보는 눈이 달라진다는 것이 증명되었습니다.

그러고 나서 같은 사람들을 1개월 후에 다시 불러 모아, 이번에는 좋은 말만 해줍니다. 그 사람들의 기분이 좋도록 유쾌한 말만 해 줍니다.

그러자 이번에는 예전에 죽은 피 색깔의 시냅스들이 신비롭게 보라색 눈꽃송이처럼 보입니다. 그 사람들은 세상이 모두 보랏빛으로 보이게 됩니다. 그러니까 뭐든지 잘되는 게 자기 눈에 팍팍 들어옵니다.

그래서 신앙을 가진 분들, 특히 열심히 신앙생활을 하시는 분들의 장점이 뭐냐 하면 기도를 열심히 하는 겁니다. 기도할 때 나쁜 말을 하는 사람은 없습니다. 그래서 잘되는 것 같습니다. 하느님이 들어주시기 전에 내 뇌가 먼저 들어주기 때문입니다.

평소에 어떤 말을 하고 사는가는 내 자식, 내 배우자, 주위 사람들을 기분 좋게 하기 위해서가 아니라 내가 사는 방법을 바꾸기 위해서입니다.

"너 이렇게 나쁜 짓만 해, 이 나쁜 놈아! 정말 너 때문에 못 살겠어."

그러면 이 말이 뇌에 입력되어 죽은 피 색깔의 시냅스가 생깁니다.

"세상에는 나쁜 놈이 너무 많다. 그러니까 정말 살기 힘들다." 이런 생각을 하게 되는 사람들은 정말 살기가 힘듭니다.

현대에 와서야 과학적으로 증명된 것이지만, 아주 오래 전부터 말이 중요하다는 사실을 우리 조상들도 알고 있었습니다. 말이 얼마나 중요한지를 모르는 사람은 없을 것입니다.

그렇다면 어떻게 말을 하는 것이 좋을까요? 어떻게 말을 하면 가족과 유쾌한 대화를 할 수 있을까요?

최근에 대학원에 다니는 조카와 같이 식사를 하는데, 계속 휴대폰을 가지고 문자질을 하고 있었습니다. 열심히 얘기하는데 쳐다보지도 않고, 한 번도 눈을 마주치지 않고 계속 문자질만 하고 있어서 웬만하면 그냥 넘어가려고 했지만 "너 뭐야? 도대체. 같이 밥을 먹지 말든지, 여기 앉

아서 이모가 말하는데 태도가 그러면 되겠어." 하고 야단
치자 대답이 "저는 문자 하면서 듣는 거 다 들어요. 뭐 걱
정이세요. 다 듣고 있다니까요." 그리고 얘기한 걸 요약
해서 말하는데, 하나도 안 틀려요. 재주가 참 용했습니다.

이처럼 세대가 달라지면서 서로 문화가 달라졌습니다.
윗사람들은 "요즘 애들은 왜 그렇게 싸가지가 없어. 하는
태도가 왜 그렇게 건방져."라고 얘기하지만, 다 같이 그렇
게 변하는 거기 때문에 그것을 받아들여야만 유쾌한 대화
가 됩니다.

가장 먼저 해야 하는 것은 "쟤들은 왜 저래." 이러지 않
는 거고, "나와 사는 방법이 달라졌네. 재미있네." 이러면
더 좋은 겁니다.

그런데 "내가 옳아. 나는 여태 이렇게 살았는데 별 탈
없이 잘 살았어." 이러한 생각이 굳어지면 굳어질수록 요
즘 세대들을 이해하기가 힘들어지고, 대화를 할 수 없게
됩니다.

대화가 안 되는 것은 말하는 사람의 잘못입니다. 왜냐
하면 대화라는 것은 말을 듣는 사람이 결정권자이기 때문
입니다.

세 살짜리한테 내가 말을 합니다. "문 좀 닫고 올래." 그

런데 아이는 노느라고 정신이 팔려 내 말을 듣지 않고 계속 놀기만 합니다. 결국 나는 "문 좀 닫으라."고 소리를 지르게 됩니다.

대화는 세 살짜리 아이가 문을 닫고 와야, 그걸로 완성되는 겁니다. 거기까지 끝내야 대화가 되는 겁니다. 말을 안 듣는다고 아이를 윽박질러 울려서 기어이 문을 닫게 하면 대화가 된 걸까요? 그건 대화가 아니고. 협박입니다.

그러면 아이는 두 번 다시는 그 문을 닫으라는 얘기가 나올 그 장소에 앉아 있지 않습니다. 안 좋은 경험이 있기 때문에 다른 곳에 숨어서 놉니다.


일반적으로 나이가 들어갈수록 외로워지는 것은 손아랫사람이 놀아 주지 않기 때문에 그렇습니다. 대화가 안 통하는 게, 애들의 잘못이 아니라는 겁니다.

요즘 세상이 어떻게 돌아가야 하는가를 어른들도 공부해야 합니다. 새로운 스마트 폰이 나왔으며, 그 스마트 폰을 어떻게 쓰는지 배워야 하고, 인터넷을 배워야 합니다.

컴퓨터 안에는 수많은 도서관이 있습니다. 지금은 전 세계 명문대 강의가 인터넷으로 공짜로 흘러나와 그것으로 공부하는 학생들이 많습니다. 우리나라 명문대 교수들

당신이 있어 비로소 행복한 세상

또한 강의 내용이 너무 좋아서 강의를 섣불리 하는 것보다 훨씬 낫다고 생각해 수업시간에 그걸 틀어 준다고 합니다. 그러니까 컴퓨터를 잘 사용하면 그들은 세계적인 지식을 얻게 되는 겁니다.

일단 어른들이 고정 관념으로 아이들이 컴퓨터 앞에 있으면 나쁘다, 야동이나 보겠지, 아니면 게임을 하고 있는지도 몰라. 공부는 뒷전이고.

이렇게 생각하고 무조건 말리면 그 아이들은 진짜 야동이나 보고 게임을 하게 됩니다. 부모님들이 그렇게 생각하는데, 자기가 굳이 공부할 필요가 있겠느냐는 것입니다.

아이들은 항상 부모로부터 인정받고 싶어 합니다. 그렇기 때문에 컴퓨터에 앉아 있을 때 "컴퓨터가 재미있니? 재미있으면 내게도 알려줘라." 이렇게 얘기하면 아이의 태도가 확 달라집니다.

특히 가족 간에는 화가 나는 일이 많이 생깁니다. 왜냐하면 상대편이 나와 똑같아야 한다고 기대하기 때문입니다.

아이들과 대화하는 법은, 아이들이 시끄럽게 컴퓨터 게임을 하더라도 상관하지 말고 일단 화장실로 들어가 호흡 조절을 하고 냉정하게 마음을 가라앉혀야 합니다.

마음을 가라앉힌 다음 아이들 방을 조용히 노크하고 "컴퓨터를 언제까지 할 거야?"라는 말을 예쁘게 해야 하는데, 여간 어려운 일이 아닙니다.

그러면 아이들이 깜짝 놀랄 것입니다. 소리 지르고 난리를 쳤던 엄마가 달라졌기 때문입니다.

"한 시간만 더 할게요." 하면, 아이들의 의견을 받아주라는 것입니다.


대화는 나 혼자 떠드는 게 아닙니다. 상대방의 말을 끄집어내는 것이 대화입니다. 또 말만 끄집어내는 것이 아니라, 그 말에 마음을 싣도록 하는 것이 대화입니다.

말을 끄집어내면 이만큼은 받아들일 수 있고, 이만큼은 안 되겠다 협의가 됩니다. 그러면 어디 중간 지점에서 "그래 그렇게 하자." 하는 합의점이 생깁니다. 여기까지가 대화입니다.

가만히 생각해보면 지금까지 아이들과 대화를 한 적이 없습니다. "숙제 안 해! 아직도 못 했어! 옷은 왜 이렇게 벗어 놔, 엄마가 신이라도 되는 줄 알아. 네 것은 네가 치워!" 이렇게 소리만 질러댔습니다.

남편에게도 마찬가지입니다. 예를 들어 남편이 양말을

당신이 있어 비로소 행복한 세상

아무렇게나 벗어 놓으면 소리부터 지르게 됩니다. 남편이 뭘 하든 간에 예쁘게 말해야 대화가 되는 데, 나 혼자 일방적으로 얘기하고, 내가 원하는 대답을 안 하면 화내고, "그렇지 않아. 그게 무슨 말이 되는 소리라고 해. 아니라니까!" 그렇게 살았습니다.

한 번도 예쁘게 안 물어봤습니다, 그래야 대화가 되는 건데. 남편이 무슨 일을 했을 때는 무슨 이유가 있었을 텐데, 그 이유를 몰랐던 것입니다. 한 번도 안 물어봤기 때문에 들을 기회가 없었던 것입니다.

사실 가족뿐만 아니라 주변의 모든 사람과 대화가 되게 하려면 그 사람의 생각을 끄집어내야 합니다. 내 마음에 안 들어도 끄집어내야 합니다. 그러기 위해서는 상대방의 입장에서 말해야 됩니다.

우리는 자녀를 키울 때 자녀가 잘되기를 바라는 마음 때문에 학생 때에는 공부를 중요시하고, 취직할 때는 어느 회사에 얼마만큼의 급료를 받는지를 중요시하고, 결혼은 언제 하나 궁금해합니다.

그러나 그 일은 부모의 것이 아니고 자녀의 것입니다. 공부도, 취직도, 결혼도 다 자식의 몫이지 부모가 자녀를 대신해서 할 수 있는 것들이 아닙니다.

듣는 사람이 갑이지 말하는 사람은 절대 갑이 아닙니다. 회사에서도 직원이 말을 잘 들어줘야 회사 운영이 잘 돌아가지, 위에서 아무리 소리를 지르고 발을 쾅쾅거려도 말을 안 들으면 소용이 없습니다. 갑이 아니기 때문입니다.

우리는 다름을 인정해야 합니다. 우리는 서로 다릅니다, 가족 간에도 다르고, 배우자 간에도 남자 여자가 다르고, 자식들과도 세대가 다릅니다. 다른 것을 당연히 생각해야 하는데, 다른 것이 이상하다고 생각하면 안 됩니다.

우리나라에서는 가족 간에 굉장히 정이 많아 가족 간에 잘 통하는 것 같은데, 사실은 외국과 비교할 때 잘 통하는 게 아닙니다.

미국 같은 경우에는 가족 간에도 통하지 않으면 아예 같이 살지 않습니다. 대신 가족으로 남아 같이 사는 사람들은 별 시시한 얘기에도 깔깔 웃는 등 화기애애하게 대화를 합니다.

저는 대화법을 배워서 아이들에게 대드는 권리를 줬습니다.

"부모에게 대드는 것은 좋다. 단, 싸가지 없게 말하지 마라."

당신이 있어 비로소 행복한 세상

어렸을 때 정중하게, 예쁘게 말하라고 시켰습니다.

옛날에는 우리가 가난하고 못살아서 뭐든지 아끼며 살아야 했습니다. 요즈음 애들은 잘 모릅니다. 문화 차이입니다. 애들이 싸가지가 없는 게 아니라 부모들이 그렇게 키웠습니다.

"내가 못 먹더라도 너는 잘 먹어라."

어렵게 일해 돈 벌어서 아이들을 선진국에 유학 보내고 아이들이 그 나라 수준처럼 행복하게 살기 바라면서도 아이들을 이해하려 들지 않습니다. 아이들과 우리가 사는 세상이 다른데 말입니다.

88올림픽과 2002년 월드컵 개최 이전까지는 지구 상에서 한국이 어디 붙었는지 모르는 외국인이 많았습니다. 그러나 요즈음은 한국어를 배우러 온 외국 학생들이 많아졌습니다. 그들은 발전된 한국 모습에 놀랍니다.

90년대 이후에 태어난 아이들은 외국 아이들을 우습게 압니다. 그 전에 부모 세대는 외국 유학 가면 촌놈처럼 기가 죽어지냈는데, 요즘 아이들은 콧대가 높아져 아주 당당합니다.

그런 아이들한테 "이것은 하지 마라, 저것도 하지 마라." 하니까 아이들은 "왜 저러지, 지금 우리는 이렇게 잘

사는데, 이건 먹지 마라. 이건 하면 안 된다. 아껴야 한다. 이해가 안 돼." 하면서 부모를 상당히 한심하게 봅니다.

그게 좋고 나쁜 것을 떠나서 우리와 아이들의 문화가 다르다는 걸 인정해야 대화가 됩니다.

이웃은 물론 시댁 또는 처가와도 문화가 서로 다릅니다. 문화 차이를 인정하지 못하고, 저 사람이 왜 저러지? 하는 순간 대화가 안 됩니다.

예전에 방송하면서 유명한 영화감독님과 6개월간 라디오 프로그램을 한 적이 있습니다. 그때 감독님에게 "사모님은 어떤 음식을 제일 좋아하세요?"라는 질문을 했습니다. 그러자 감독님은 주춤하면서 "모르겠는데요." "결혼생활 30년이 다 되어 가면서 그것도 몰라요." 그러자 감독님은 "어떻게 알아요, 안 물어봤는데." 그래서 다음 주까지 알아오라고 숙제를 내줬습니다. "그러지 뭐. 그게 뭐 어렵겠어?"

다음 주에 온 감독님은 어깨가 축 처져서 기운이 하나도 없어 보입니다. 왜 그러냐고 물었더니 세상 헛살았답니다. 자기 부인이 어떤 음식을 좋아하고 싫어하는지 여태 모르고 살았기 때문이랍니다.

감독님은 어렸을 때부터 어머니가 매일 고등어조림을

제일 좋은 음식이라고 해 주셔서 지금도 고등어조림이 없으면 식사를 하지 않습니다. 그러니까 부인이 매일 맛있게 고등어조림을 해 상에 올려줘서 부인도 고등어조림을 제일 좋아하겠지, 그렇게 믿고 살았습니다.

그런데 부인에게 어떤 음식을 좋아하냐고 물었더니 "고등어조림만 빼고 다 좋아."라고 하더랍니다. 그 소리에 감독님은 깜짝 놀라 "매일 고등어조림 맛있게 해 줬잖아." "그건 당신이 고등어조림이 없으면 밥을 안 먹으니까 할 수 없이 해 준 거지, 나는 고등어조림을 할 때 비린내가 나서 코를 막고 해." 그러니 너무 미안했던 것입니다, 싫은 반찬을 평생 만들도록 시켰으니. "그러면 앞으로 고등어조림하지 않아도 돼." "여태 했는데 이제 와서 새삼 왜 그래." 그래서 한 마디도 못했답니다.

이렇듯 부부간에도 문화 차이가 있습니다. 좋아하는 것도 다 다르고, 다 개성이 다른데, 나처럼 안 한다고 뭐라고 하면 대화가 안 됩니다.

그다음은 언행일치가 중요합니다. 대게 어른들을 보면 애들한테는 최고로 도덕적인 걸 가르칩니다. 이것 하면 안 된다, 저것 하면 안 된다. 안 된다가 너무 많은데, 그렇게 하고는 자기는 합니다. 그것도 애들이 보는 데서 자기도 모르게 합니다. 습관이 돼서.

가까운 예로, 유치원생 아들한테 "건널목을 건널 때 빨간불에는 가만히 서 있다가 파란불에 건너가라."고 하던 엄마가 빨간불인데 차가 안 지나가자 "야, 빨리 건너가야 돼. 바빠." 하면서 애를 끌고 가니까, 아이가 "엄마, 빨간불이야." 그러자 "괜찮아, 빨리 건너면 아무렇지 않아." 이러면 아이는 뭐가 됩니까? 아이는 누구의 말이 옳다고 믿으며 살아야 됩니까? 부모의 신뢰가 유치원 때 깨진 겁니다.

말은 신뢰가 바탕이 되어야 합니다. 신뢰가 깨졌기 때문에 아이들이 어른들의 말을 안 듣는 겁니다. 자식들이 부모의 말을 안 들으면 언젠가 신뢰가 깨진 적이 있기 때문입니다. 부모 자신이 이걸 되돌아볼 필요가 있습니다. 기억이 나지 않으면 자식들에게 물어봐야 합니다.

"내가 언제 너희들한테 말 따로 행동 따로 한 적이 있니? 그렇다면 미안하다. 한 번 얘기해 봐. 생각이 나지 않아서 그래." 이렇게 한 번 자식들과 털고 가야 합니다. 그렇지 않으면 계속 불신이 쌓여 앞으로도 대화하기가 어려워집니다.

그러면 가족의 말을 들을 때는 어떻게 들어야 할 것인

가? 말이 아닌 마음을 들어야 합니다.

우리나라 사람들은 말하는 것에 정말 서툽니다. 항상 반대로 말하는 경우도 많습니다. 그런데 마음은 그렇지 않다는 것을 헤아려야 대화가 됩니다.

지금 우리는 대화법을 안 배우고 어른이 되었고, 여태 성장을 했기 때문에 어쩔 수 없습니다.

아이가 시험을 못 보고 와 속상해서 자기가 막 화를 내면 "뭐 낀 놈이 성낸다더니, 네가 왜 화를 내!" 이렇게 하지 말고 "시험을 못 봐서 속상하겠구나. 다음에 잘 보면 되지." 이렇게 위로해줘야 대화가 됩니다.

남편이 매일 회식이다 뭐다 해서 늦게 들어옵니다. 그런데 늦게 들어오는 그 자체를 가지고 왜 늦느냐고 어쩌고저쩌고하는 것보다 "회사 일이 많은가 봐요?"라고 대화를 바꾸는 순간 미안해서라도 틈만 나면 일찍 들어오려고 노력하게 됩니다.

그러니까 대화가 어려운 것은 아닙니다. 조금만 한발 물러서서 그 사람과 내가 통하는 마음이 도대체 어디인가 찾아서, 말 그 자체보다 마음을 들으려고 노력할 때 그게 들립니다.

만약 그 말이 잘 들리지 않는다면 눈빛과 표정을 살피면

다 나타납니다. 지쳐 있거나, 뭔가 기분이 상해 있거나, 이러면 밖에서 안 좋은 일이 있었든지 아니면 집안에서 무슨 일이 있었을 겁니다. 그런데 우리나라 사람들의 특징은 상대방의 표정을 보면서 얘기해야 하는데 안 보고 말합니다.

옛날에 전쟁을 많이 한 서양에서는 누가 나를 죽일지 모르기 때문에 눈을 안 맞추면 그 사람을 적으로 간주합니다. 아직도 그 문화가 살아있어서 서양 사람들은 대화를 나눌 때 눈을 안 맞추는 사람을 신뢰하지 않습니다.

표정이나 제스처를 보면 마음이 보이는데, 이걸 안 보고 대화를 하면 마음이 보이지 않습니다. 그래서 말만 듣게 됩니다. 그러면 가족 간이라도 해도 마음이 오가지 않습니다.

어떤 말도, 마음에 안 들어도 판단과 지적을 하지 말아야 합니다. 배우자는 말할 것도 없고, 자식들도 다 큰 경우에는 판단을 해 주는 순간 "얘기해봤자 건질 게 하나도 없어." 하고 대화를 기피하게 됩니다.

사람들은 참 이기적이라서 부모와 자식 간이라도 건질 게 있어야 대화를 합니다.

"우리 부모님께 얘기하니까 마음이 포근해. 위로가 돼."

돈을 건져 가는 게 아니라, 어려운 문제가 해결이 잘되

당신이 있어 비로소 행복한 세상

어야 대화를 하고 싶은 마음이 생깁니다.

그런데 건져 갈 게 있기는커녕 "내 그럴 줄 알았어. 너 하는 짓이 맨날 그래." 이런 식으로 지적을 당하면 대화하기가 싫어져 다른 곳에 가 얘기를 해서 해결하려고 합니다.

나이가 많은 자식이건, 나이가 어린 자식이건, 배우자이건 간에 자기의 가장 큰 고민을 부모에게 털어놓을 수 있어야 됩니다. 그게 행복한 가정이고 유쾌한 대화입니다.

어쩌다 보니까 실수로 남을 해쳤습니다. 신부님한테 가서 고해성사하기 전에 어머니나 아버지한테 가서 사실을 털어놓는다면 그는 행복한 사람입니다. 그는 그 가정 안에서 새로 시작할 수 있기 때문입니다.

그런데 부모님께 얘기하면 "이놈아, 너 때문에 우리 집은 다 망했어." 이렇게 야단칠 것 같아 사실을 털어놓지 못하면 그 가정은 형식적인 새 둥지와 다를 바 없습니다.

맞장구를 쳐줘야 상대편이 숨기지 않고 다 이야기를 합니다. "정말 속상했겠네. 나라면 그렇게 못해. 참 너는 대단한 아이야." 이렇게 맞장구를 쳐주면 안 할 말도 하게 됩니다.

말로 먹고사는 사람이 제일 잘하는 게 맞장구를 쳐서 그 사람이 하기 싫은 말도 다 뽑아내는 일입니다.

맞장구는 부모와 자식 간에도 해야 합니다. 그래야 속마음을 털어내고 대화가 되는 겁니다. 속마음을 알아야 거기서부터 출발해서 이것을 어떻게 해결할 건가, 서로 지혜를 모아 더 좋은 해결책을 찾을 수 있습니다.

두 아들을 키우는데, 천사라고 불릴 정도로 사랑도 많고, 말을 참 예쁘게 잘하는 작은 아이가 형이랑 대화할 때는 험악하게 변합니다. 가족 간의 대화는 남들하고 할 때보다 조심성이란 부분이 빠져서 더 험악해지는 경우가 많은 것 같은데, 특히 자녀들 사이에 대화가 예쁘게 이루어질 수 있도록 하려면 어떻게 해야 할까요.

가족은 감정의 하수구가 되어 줘야 합니다. 밖에서 힘들고 열 받는 일이 생겼을 때, 이것을 화풀이하는 데가 가족이 되어 줘야 합니다. 그런데 예쁘게 말하는 대부분 아이들은 가슴 한편에 쌓인 게 많습니다. 유치원에서 누구한테 당한 게 많아 속상한데도 집에 가서는 예쁘게 말해야 합니다. 얼마나 힘들겠습니까.

그러니까 집에 와서 싸우고, 싸우더라도 서로 상처를 입히지 말라는 식의 원칙을 세워 주고, 시간을 정해 주는 등 서로 싸울 수 있는 링을 만들어 주는 겁니다. 링에 올라가서 싸우고 내려오면 속이 시원하게, 형제간에도 싸울 시간이 상당히 필요합니다.

저에게는 연년생 아들이 둘인데, 싸울 때 보면 둘 중 하나가 죽겠지, 그렇게 생각했는데 죽이지는 않더라고요. 죽지 않을 만큼 싸우고 그만두더니, 지금은 정말 친해서 작은아들이 무슨 일만 있으면 형한테 연락해 자문을 구할 정도로 누구보다 친하게 지냅니다.

싸우는 걸 말리면 아이들은 감질이 나서 더 싸웁니다. 그냥 부모는 투명인간이 되어 주면 됩니다. 싸움이 시작되면 "한 시간이야, 더 이상 싸우지 마. 할퀴면 안 돼, 뼈 부러지면 안 돼, 뼈 부러지면 병원비 네가 내." 이렇게 협박하는 것도 괜찮습니다.

자식이 부모의 깊은 사랑을 어떻게 하면 알게 할 수 있을까요?

"내 속을 모르느냐, 너 때문에 허리띠 졸라매고 고생했는데, 도대체 왜 그래?"

이런 생각을 할 텐데, 애들이 원하지 않았는데 해 주는 겁니다. 그러나 자식들은 그걸 갚을 생각이 없습니다. 엄밀히 말하자면 갚으라고 자꾸 하니까 "빚도 안 졌는데, 왜 그러냐?" 하는 겁니다.

이런 사람이 있었습니다. 강남 압구정동에 빌딩을 몇 채 가지고 있는 아주 부자 엄마인데, 아들이 공부를 시원찮게 하니까 과외란 과외를 전 과목 다 시켰는데, 그래도 안 되니까 죽어도 안 가겠다는 미국 유학을 강제로 보냈습니다.

미국은 한국보다 집값이 비쌉니다. 돈이 많은 엄마는 부동산 투자도 할 겸해서 약간의 시골에 큰 집을 사 아들에게 그곳에서 학교에 다니도록 했습니다. 커다란 집에서 덩그러니 혼자 지낸 아들은 외로우니까 여자를 사귀게 되고, 여자를 사귀다 보니까 지네끼리 결혼을 해 버렸습니다. 하라는 공부는 안 하고.

그 사실을 안 엄마는 "그 짓 하라고 유학 보내서 집 사준 게 아니다!"라고 혼을 내주려고 아들 집에 찾아갔는데, 아들이 대문을 딱 가로막고 서서 집 안으로 못 들어가게 합니다.

화가 난 엄마가 거품을 입에 물고 "하라는 공부는 안 하고, 이 짓 하라고 유학 보내주고 집 사줬는지 알아!" 그러자 아들이 "엄마, 지금까지 하나라도 저한테 물어보고 하신 거 있어요? 엄마가 그냥 했잖아요. 엄마가 좋아서 했잖아요. 처음으로 내가 좋아하는 여자하고 결혼해서 산다는데, 왜 방해하는 거예요."

아들이 조목조목 따지면서 반항하자 할 말이 없어진 엄마는 그래도 아들을 위해 돈을 쓴 게 억울해서 계속해 몰아치자 "그냥 집 팔아서 엄마가 가지고 가시고요, 저는 여기서 아르바이트해서 먹고 살게요. 그리고 앞으로 안 오셨으면 좋겠어요." 아들의 최종 선언에 엄마는 병이 나서 얼굴이 반쪽이 되었습니다.

그러니까 아이들의 말도 맞는 말입니다. 아이들이 원하는 걸 해 줘야지, 원하지 않은 걸 해 주고 나서 "너는 왜 그러니, 내가 너 때문에 얼마나 고생하며 살았는데…." 이런 얘기는 안 통한다는 겁니다.

저는 아이들이 원하면 80%만 해 줍니다. 예를 들면, 아들이 고등학교를 졸업하고 대학에 갈 때 자동차를 사려고 돈을 요구할 때 "얼마짜리를 사겠느냐? 중고차 사라. 네가 받을 용돈에서 미리 대출해 줄게. 이자는 은행 이자야. 4년 안에 갚아." 이렇게 조건을 걸고 빌려줬습니다.

그랬더니 아이들이 엄마한테 가급적 돈을 안 타가려고 합니다. 이자를 내야 하니까. 바로 유대인 엄마들의 방식입니다.

"아이들이 내 마음을 몰라준다."

그것은 내가 아이들 마음을 몰라줬기 때문입니다. 그게 답입니다. 지금부터라도 알아주기 위해서 물어봐야 합니다.

"너는 무얼 원하니?" 지금 하고 있는 꼬락서니가 마음에 안 들어도 따지지 말고 "뭘 해 줬으면 좋겠니? 네가 그걸 하는데, 내가 뭘 도와주면 되겠니?" 이런 얘기를 해야 유쾌한 대화가 되는 것입니다.

사춘기에 접어든 아이가 반항이 너무 심해서 가족들은 어떻게 다스려야 할지 몰라 난감해하고 있습니다. 이럴 때는 그냥 내버려 둬야 합니다.

사춘기는 미숙했던 아이들의 생각이 한 단계 나아가 성숙한 어른으로 내딛는 과정입니다. 이럴 때 손대면 손댈수록 덧나기 때문에 그냥 내버려 두고 지켜보는 게 상책입니다. 그렇게 반항하다 때가 되면 스스로 제자리로 되돌아옵니다.

사춘기 시절에 반항하지 않으면 중년에 가서 또 위기가 찾아옵니다. 사춘기 시절을 얌전히 보냈던 아이들은 대부분 중년이 되면 바람을 피우게 되고, 사고도 치게 되고, 그 중 심한 사람은 재산 탕진도 합니다. 사춘기 때 하는 게 제 나이에 하는 건데, 그걸 억지로 틀어막으면 남아 있던 그게 그때 가서 터지는 겁니다. 사람은 자기가 사는 세상에서 한 번은 일탈하고 싶어 하기 때문입니다.

"하고 싶은 대로 마음대로 하라."고 하면 또 못합니다. 부모가 도와주려고 나서면 간섭이나 불필요한 참견을 하는 것으로 느껴 강한 거부감을 나타내지만 반대로 그냥 내버려두면 자신에게 관심이 없는 것으로 알기 때문입니다.

특히 할아버지와 할머니는 아이가 나쁜 짓을 해도 편을 들어줘야 합니다. 말하자면 아이가 도망칠 수 있는 비상구가 되어 줘야 합니다.

부모가 "게임하지 마라, 짧은 치마 입지 마라, 배꼽티를 입지 마라."고 하면, 할아버지 할머니는 "요즘 여자들 배꼽티 입으니까 예쁘더라."고 하면 "오, 우리 할아버지 할머니 멋쟁이!" 하면서도 안 입습니다.

그런데 그렇게 하지 않으니까 사춘기가 더 오래가고, 또 그렇게 하다 대강 마무리가 되면 나중에 한 번 더 겪게 됩니다.

갑자기 아이가 "나 사춘기인데 우리 집에서는 왜 아무

도 관심이 없어?" 하며 관심을 가져달라고 난리를 칠 것입니다. 그 나이는 그런 나이입니다. 그러면 그때 "관심을 얼마나 가져줄까?" 하고 물어보면 거기서 협상이 되어 대화가 되는 것입니다.

남편하고 얘기할 때 기막혀 화가 날 때가 많습니다. 그때 대화를 계속해야 하는데 대화가 하기 싫어서 그만둘 때가 많습니다. 그걸 잘 이어나가서 완성된 대화를 하려면 어떻게 이어나가야 하고, 어떻게 화를 다스려야 할지 모릅니다.

이럴 때는 일단 화를 내는 것이 내 문제라는 걸 진단해 볼 필요가 있습니다. 배우자는 장난감이나 리모컨 아바타가 아닙니다. 그런데 한국 여성들은 남자를 리모컨 인형을 만듭니다. 자기 방법으로 말을 안 들으면 굉장히 화를 내고, 또 불필요한 시간까지 함께 있으려고 합니다.

사실은 우리 아들이 여태까지 장가를 못 가고 있는데, 못 간 이유가 해외에서만 살다 와서 한국 여자를 만나면 숨이 턱 막히기 때문이랍니다.

예를 들면, 저녁에 친구들끼리 클럽에 가기로 하면 "왜가? 왜 나는 빼놓고 가?" 이런 식으로 여자가 물으니까, 자

당신이 있어 비로소 행복한 세상

기는 이게 너무 이상하다는 겁니다.

개인 각자의 생활이 있는 건데 "그런 것까지 여자에게 보고해야 되나, 그런 여자와 평생을 살다가는 매일 목줄을 차고 다니는 것 같겠다."는 생각이 든다고 합니다.

우선 풀어 주세요. 남편에게 화가 나는 것은 남편을 풀어 주지 않아서 화가 나는 겁니다. 남편이 나가서 돌아다니면 다른 여자하고 바람피울 거라고 생각하는 자신감 없는 태도는 자신을 더 화나게 합니다. 자신감을 가져야 합니다.

정말 화가 많이 나 있을 경우 남편과 대화를 계속 이어나가게 되면 더 안 좋은 현상이 벌어지므로, 이럴 때는 잠깐 호흡을 가다듬고 약간 뻔뻔해져야 합니다.

"우리 술 한 잔 하면서 얘기할까요?" 아니면 "차 한 잔 마시면서 얘기할까요?" 이런 식으로 감정이 높아지는 것을 한 번 끊어줘야 합니다. 이렇게 분위기를 한 번 꺾어준 다음에 "사실은 내가 이러이러해서 화가 났다."고 하면 틀림없이 대화가 이어질 것입니다.

이때 대화하면서 그 사람을 지적하지 말고 "당신의 그런 행동을 하는 것 보면 내가 무시당하는 것 같아서 굉장히 기분이 안 좋았다." 또는 "집 안에서 나는 당신만 바라

보고 있는데, 당신 혼자 열심히 돌아다니면 나는 여기 혼자 방치된 것 같아 외로웠다." 이런 말을 그냥 차 한 잔 마시면서, 술 한 잔 마시면서 솔직하게 얘기를 해야 됩니다.

그런데 우리는 솔직하게 얘기를 안 하고 서로 상대방만 나쁘다고 합니다. "네가 그랬잖아. 네가 나쁜 놈이야. 네가 나쁜 년이야." 하고. 이러니까 대화가 안 되는 겁니다.

남녀 간에는 대화 방법이 서로 다릅니다. 남자들은 직설적으로 한 마디 하고 사족을 다는 걸 싫어합니다. 아주 옛날 사냥꾼 시절부터 밖에 나가 험악한 일을 많이 했었기 때문에 아직도 머리에 잠재적으로 그 기질이 남아 있기 때문입니다.

반면에 여자들은 일일이 체크해야 됩니다. 아이들이 밥을 잘 먹는지, 공부는 잘하고 있는지를 체크해야 하고, 가스레인지에 올려놓은 음식이 끓는지 체크해야 하니까, 고주알미주알 다 말해야 합니다.

다 말해야 하는 사람과 간단히 말해야 하는 사람이 한집에 사니까, 그걸 서로 바꿀 수 없는 겁니다.

서로 이야기를 안 들어주면 그냥 이웃과 이야기를 하든지, 아니면 성당이나 모임 같은 곳에 가서 여자끼리 대화하는 것도 상당히 좋은 방법일 것 같습니다. 이야기하다

열 받으면 남편 흉도 보고….

잔뜩 흉을 보고 집으로 돌아와 남편을 보면 "내가 너무 심했나, 알고 보면 괜찮은 사람인데, 내가 괜히 사람들한테 막말한 것 같아." 이러면서 반성도 되고. 그렇게 되지 않을까 싶습니다.

대화를 잘한다는 것은 상대편을 나처럼 만들지 않는 겁니다. 한 마디로 정리하면 그냥 저 사람은 나와 다르니까 그대로 받아들이고, 내 말만 하지 말고, 그 사람 말을 들어보고, 이렇게 하는 게 대화입니다. 이렇게 결론을 얻으면 어디서나 적용이 됩니다.

## 차동엽

·서울대 공대, 서울 가톨릭대학교 졸업, 미국 보스턴 대학교에서 수학, ·오스트리아 빈대학교 박사학위 취득, 91년 사제 서품 ·현 인천 가톨릭대학교 교수 및 미래사목연구소 소장 봉직 ·《무지개 원리》, 《천금말씨》 외 다수.

천금말씨 **5**

# 다하고, 그리고 거듭거듭

아스테릭스는 생각으로 감정을 컨트롤하는 훈련입니다.

여기에는 다음과 같은 사실이 전제되어 있습니다.


"우리의 감정은 우리가 생각하는 대로 따라 다닌다."

천금말씨의 출발점은 《무지개원리》란 책으로 성경에서 출발합니다. 우리 한국 사람들은 교육열이 높습니다. "자녀들을 어떻게 하면 잘 키울 수 있을까?" 인재로 키우고 양성하는 데 관심이 많지만, 전 세계적으로 가장 탁월하게 교육 전통을 가지고 있는 것은 유대인이라고 말해도 과언이 아닐 겁니다.

미국에서 제일 잘 나가는 대학을 '아이비리그'라고 합니다. '아이비리그'는 미국 동부에 있는 8개 명문 사립대학을 통틀어 이르는 말입니다. 그런데 그 미국 명문대학 그룹의 교수진의 30%를 유대인이 점하고 있다면, 여러분들 믿겠습니까?

전 세계 인구의 0.2%밖에 되지 않는 소수민족인 유대인이 외국 지성인의 세계를 장악하고 있다는 것은 대단한 것입니다.

그 비밀이 무엇일까를 연구하다가 탈무드까지는 추적이 되었습니다. 탈무드는 일종의 성경을 아이들에게 교육하기 위해서 만들어낸 스토리텔링의 교육 전통입니다.

너무 방대해서 그 핵심을 찾기가 어려운데, 결국에 그 핵심을 우리가 알고 있는 '신명기 6장 5절에서 7절'까지의 성경 구절에서 찾았습니다.

"마음을 다하고, 목숨을 다하고, 힘을 다하여, 너의 하느님을 사랑하여라. 그리고 거듭거듭 자손들에게 들려주어라."라는 짧은 문구입니다.

이 문구가 오늘날 유대인들을 만들었다고 짐작하는 이유는, 이것의 제목이 '쉐마 이스라엘', '너 이스라엘아 들어라'라고 붙여져 있기 때문입니다.

유대인 집안에서는 아침에 일어나면 가족 기도를 하는데, 그때 이 구절을 외웁니다. 전부다, 예외 없이 모여서 외웁니다. 저녁 때 잠자기 전에 또 한 번 외웁니다. 낮에 여건이 허락되면 각각 자신이 있는 장소에서도 외웁니다. 똑같은 말을 최소한 두 번, 그리고 세 번, 이렇게 외웁니다.

이렇게 자주 반복해서 외우다 보면, 이 말이 저절로 살이 되고 피가 되고, 뼛속까지 새겨 드는 겁니다. 그래서 오늘날 유대인들을 만들었다는 것이 제가 생각하는 가설입니다.

처음에는 여기에 뭐가 있기에 유대인들을 훌륭하게 키워냈나, 그것을 분석할 마음을 가지고 연구를 시작하는데 자료가 없었습니다. 선행 연구자가 없었기 때문입니다. 그래서 그것을 성서학적으로 풀어봤습니다.

그랬더니, 마음이라는 것은 우리에게 있어서 정 또는 감성을 의미한다는 것을 알게 되었고, 목숨을 다한다는 것은 의지하고 관계된다는 것을 알게 되었습니다. 또 힘이라는 것은 정신적인 힘인 지성을 이야기하는 것이었습니다.

감성, 의지, 지성, 이 세 가지가 한 문장에서 나왔다는 것을 알게 되고 나서 저는 무릎을 딱 쳤습니다. 바로 천금 누설이기 때문입니다. 왜냐하면 인간이 가지고 있는 인간의 구조하고 하느님의 명령하고 딱 맞아떨어지는 것, 그러니깐 하느님께서 우리에게 분부하실 때 우리의 구조에 맞도록 분부하신다는 겁니다.

"너의 감성을 다해서, 너의 의지를 다해서, 너의 지성을 다해서 하느님을 사랑해 봐라. 그러면은 이제 좋을 일이 생길 것이다. 그다음에 또 하나 잊지 말아야 하는 것이 거듭거듭 자손들에게 들려주어라."

이 네 단어였습니다. "마음 다해, 목숨 다해, 힘 다해, 그리고 거듭거듭." 이것이 결국 오늘의 유대인을 만들었다고 봅니다.

전인적 자기계발이 되는 겁니다. 전인적 자기계발이 왜 중요한가. 옛날에도 중요했지만, 지금 이 시대에는 더욱더 중요합니다.

자기가 가지고 있는 소질과 역량, 이 소질을 우리는 얼마나 다 발휘하고 사는가. 그리고 얼마나 다 발휘하고 나서 하느님 품으로 다시 돌아가는가, 이런 것을 생각하고 나면은 우리가 선처해야 할 것이 많이 있습니다.

1990년대 초, 유럽에서 공부하고 있을 때 유럽에서 제일 유명한 축구선수가 브라질의 호나우두였습니다. 그때 20대에 진입하는 호나우두였는데, 저 선수는 뭐가 다르기에 다른 선수하고 차이를 보이는가? 골을 더 잘 넣고, 유리한 지점에 가서 자리를 확보하고 전개하는가?

유심히 살펴보니깐, 다른 선수보다 딱 반 발 차이로 공간을 확보해 다른 선수보다 반 박자 빠르게 공을 찬다는 것을 알 수 있었습니다. 말하자면 반 발 차이로 세계 톱클래스가 된 겁니다.

세계를 지배하려면 반 발 더 확보해야 하는구나, 그러면 좋은 일이 일어나는구나, 그렇게 생각했습니다.

20년 후 남아프리카 공화국에서 월드컵 대회가 열렸습니다. 그때는 아르헨티나의 메시가 떴습니다. 메시를 구경하다 보니, 20년 사이에 확 바뀌었는데, 반 발을 확보하는 것이 불가능하다는 것을 알았습니다. 너무나 많은 선수가 툭 치고 들어와서, 메시와 그다음 급 선수하고의 차이가 겨우 발가락 하나 차이라는 것을 알게 됐습니다. 그건 즉, 발가락 하나만 확보해 놓으면 메시가 된다는 겁니다.

그래서 이 살벌하고 삭막한 생존경쟁의 환경에서 결국엔 최고가 되는 게 뭐냐. 바로 발가락 하나 차이인데, 그러려면 방금 얘기한 '다하라'는 것이 답이라는 겁니다.

마음을 다하고, 목숨을 다하고, 힘을 다하라. 그건, 감성을 다하고, 의지를 다하고, 지성을 다하라는 말입니다. 이렇게 해서 무지개 원리라는 틀이 만들어졌습니다.

그럼 지성을 계발한다는 것은 뭐고, 지성이 할 수 있는 일은 뭘까? 지성은 생각을 하고, 또 지성은 정보를 처리하므로, "이 두 가지와 관계가 있겠구나" 하고 생각했습니다.

그렇게 하라는 생각, 무지개 원리의 첫 번째가 "긍정적으로 생각하라"입니다.

두 번째가 "지혜의 씨앗을 뿌려라." 감성계발은 뭐냐. 우리의 감성은 가슴에서부터 나오는 거로 되어 있는데, 이 감성을 뇌하고 연동을 시키면 우뇌하고 연동됩니다. 창의력의 공간인 우뇌와 감성이 합작으로 움직입니다.

이 창의력을 내 인생과 관련해서 발현을 할 때 뭐가 될까? 꿈입니다. 세 번째는 "꿈을 품는 겁니다." 꿈이 없는 사람은 인생을 창의성 없게 사는 사람입니다. 인생을 창의적으로 사는 사람은 꿈을 가지고 사는 겁니다. 내 인생을 만들어 가는 겁니다. 그래서 꿈입니다.

세 번째가 꿈이니까, 네 번째는 뭘까. 감성은 밀고 가는 힘이 있습니다. 신념, 확신, 추진력, 그것을 저는 '성취에 대한 믿음'이라고 표현해 봤습니다.

그다음에 남은 것이 의지입니다. 그러면 어떻게 계발을 하면 되나. 의지는 평소에 두 가지 길로 표출이 됩니다. 하나는 입으로 나가고, 말이 됩니다. 또 하나는 몸으로 나가서 습관이 되고 행동이 됩니다. 누군가에게 단단히 벼르고

당신이 있어 비로소 행복한 세상

가서 생각을 전달하는 방법은 두 가지입니다. 말로 하든지 주먹으로 하든지. 이렇게 하면 체계적으로 내 안에 있는 것이 외부에 있는 것과 연결이 되는 겁니다. 무지개 원리의 다섯 번째는 "말을 다스려라."입니다.

여섯 번째는 "습관을 길들여라." 그리고 마지막으로 "거듭거듭 자손들에게 들려주어라."입니다.

결국 천금말씨에서도 가장 제가 강조하고 싶은 것은 "거듭거듭"입니다. 거듭거듭을 당해낼 재간이 없습니다. 거듭거듭이 승부수입니다. 거듭거듭이 관건입니다.

유대인이 어느 정도로 이것을 실행했는가. 이 말씀이 구전으로 전해진 것은 3,200년 전이고, 기록된 것은 2,600년 전입니다. 유대인들의 역사를 추적해 보면, 유대인들은 이 말씀이 기록된 후에 곧이곧대로 이 말씀을 아침에 한 번 저녁에 한 번 외우는 것을 거른 적이 없습니다.

얼마나 융통성 없는 민족이기에 2,600년 동안 똑같은 것을 하루도 거르지 않고 매일 외웠을까? 그랬더니 기적이 일어난 겁니다.

그러니깐 몸에 배는 거죠. 마음 다해서, 목숨 다해서, 힘 다해서 사는 것이 몸에 배게 되니 전인계발이 될 수밖에 없고, 전인계발을 하는 사람은 당해낼 재간이 없습니다.

말은 어떤 역할을 하는가. 성경에서 말은 하느님입니다. 어린아이들이 만화영화를 봅니다. 그러면서 아이들이 뭔지도 모르고 중얼거리는 주문이 있습니다. "아브라카다브라"라고 하는데, 말하는 대로 된다는 뜻의 히브리어입니다.

이스라엘 사람들이 쓰는 말 가운데, "말하는 대로 된다." 이것이 "아브라카다브라"입니다.

유대인들에게 진지한 말이었는데, 아이들에게 있어선, 누가 "말하는 대로 된다." 하면 말하는 대로 된다, 이게 주문입니다. 이 말을 가지고 아이들이 장난하는 건데, 저는 이게 좋은 의미라고 봅니다. 역사를 알고, 풀이를 알고 쓰면 좋은 일이라고 생각합니다.

말하는 대로 된다는 것이 성경에 뿌리를 두고 있는데, 이것을 지금 우리가 여기서 익혀 두면 말의 힘을 실감하게 됩니다.

이스라엘 백성을 이끌고 꿈에 그리던 광야의 땅이 눈앞에 다다랐을 때 모세에게 하느님이 "너는 여기까지다." 하셔서, 모세는 여호수아에게 모든 일을 대물림해 주지만 전파하는 일까지는 모세가 맡습니다.

모세는 지파별로 12명의 젊은이를 대표로 뽑아 정탐을

당신이 있어 비로소 행복한 세상

보냅니다. 정탐 갔다 온 12의 중에 10명이 보고하기를, "지금 저 땅이 젖과 꿀이 흐르는 땅이 맞습니다. 우리가 목표로 해 왔던 땅이 맞기는 맞는데, 그곳에 거인족이 살고 있습니다. 덩치들이 너무나 커서, 일부러 우리가 그 사람들 옆에 서 봤는데 우리가 꼭 메뚜기만 하게 보였습니다. 우리가 그곳에 들어가면 다 몰살당합니다." 하면서 그곳에 들어가는 것을 반대했습니다. 이때 여호수아와 갈렙이란 청년이 10명의 의견에 반기를 듭니다.

"우리도 그곳에 거인들이 사는 것을 확인하였지만, 그러나 우리는 그들을 이길 수 있습니다. 왜냐하면 가나안땅은 야훼 하느님께서 우리에게 주시기로 약속하신 땅이기 때문에, 그분이 약속하셨으면 어떤 방법으로든지 우리는 그들을 이길 수 있습니다. 그분이 이기게 해 주실 겁니다. 그들은 우리의 밥입니다."라고 그랬습니다.

10명은 "우리가 메뚜기입니다." 그랬습니다. '말'입니다. 그다음에 2명은 "그들이 우리 밥입니다." 그랬습니다. '말'입니다.

결국은 다수결입니다. 그때의 흐름도 그렇고, 지금의 흐름도 그렇고 모든 건 다수결로 갑니다. 다수결로 가니 사람들이 10명의 의견을 들었습니다. 이때는 모세의 지도

력도 의미가 없어지는 겁니다.

"우릴 여기서 죽일 판이냐? 우리를 여기서 생매장하려고 데리고 온 거냐? 돌아가자. 10명이 얘기하지 않았느냐, 그곳에 거인족이 살고 있다고."

모세가 하느님께 가서 "저는 더 이상 이들의 지도자로서 역할을 하기가 어렵습니다. 다 들어가지 않겠다고 합니다. 어떻게 할까요?"

모세에게 하느님의 말씀이 내려옵니다.

"다 쓸어버린다. 흑사병을 내려서 다 쓸어버린다."

하느님이 분노하시고 진노하셨습니다.

모세가 그건 너무하다고 생각하여, 하느님께 사정합니다.

"하느님, 여기서 백성을 다 쓸어버리면 망신은 하느님이 당하십니다. 이집트에서 자기 백성 이끌고 가셔서 광야를 40년이나 걷게 하고는 여기서 몰살시켰다고, 하느님에 대한 나쁜 소문이 나면 누가 하느님을 믿겠습니까. 조금만 누그러뜨려 주시기 바랍니다."

"그래, 모세야. 네 말을 듣고 보니 그것도 일리가 있구나. 내게 좋은 수가 있다. 다 쓸어버리는 건 안 하고, 그들이 늙어 죽을 때까지 뺑뺑이를 돌리면서 광야의 땅은 그들이 다 죽은 다음에 들어가게 하겠다. 그래서 긍정적인 생각을 가지고 내 말을 거역하지 않은 사람들, 그리고 그들의 자손들만 광야의 땅에 들어가는 걸 보게 되리라."

실제로 1년 3개월이 걸렸습니다. 이집트에서 나와서 1년 3개월 만에 광야의 땅 입구까지 왔던 그들을 하느님께서는 38년 동안 뺑뺑이를 돌렸습니다. 그래서 40년이란 세월이 채워지게 됩니다.

부정적인 사고방식을 가진 사람들, 하느님의 말을 믿지 않은 사람들이 다 죽을 때까지, 하느님은 38년을 기다리신 겁니다. 그들의 자녀 세대와 여호수아 등 긍정적인 사고방식을 가진 사람들만 살아서 남겨 두셨습니다. 그들만 젖과 꿀이 흐르는 땅을 밟게 했는데, 여기 비밀이 있습니다.

젖과 꿀이 흐르는 땅은 긍정적인 사람이 들어가서 살아야 젖과 꿀이 흐르지, 아무리 거기가 낙원이고 살 만한 곳이라도 부정적인 사람이 들어가 살면 지옥으로 만들기 때문에 여호와 하느님께서는 선별해서 입성을 시킨 겁니다.

"잘 들어 두어라. 너희가 내 귀에다 대고 하는 말에 따라서, 네가 무슨 말을 하던, 내가 그대로 해 주리라."

이 말씀이 견본입니다. 신앙생활을 하면서, 아니면 살

아가면서 우리가 어떤 말을 하냐에 따라서 그대로 이루어지게 해 줍니다. 그러니까 신앙생활을 하면서 "아이고 죽겠네, 아이고 죽겠네, 아이고 내 팔자야." 그러면 그대로 이루어지리라. "할렐루야, 아멘, 감사합니다." 그러면 그대로 이루어지리라. 그래서 이루어지는 이야기입니다.

저도 말의 비밀을 조금 깨닫고 나서, 감사를 드리는 거는 바로 그냥 격식 차려서 하는 게 아니라 진짜로 하느님에 대한 믿음에 올려 드리는 겁니다. 우리가 감사할 필요가 있냐는 이야기입니다. 여기서 천금말씨가 태어났다고 봐도 됩니다.

지금까지의 이야기는 구약의 이야기입니다. 말의 힘에 대해서 예수님께서도 가세하셔서 우리에게 깨우침을 주셨습니다. 아주 놀라운 통찰을 우리에게 보여 주셨습니다.

예수님의 3년 동안 생활의 가장 중요한 비중은 말씀 선포였습니다. 이야기는 이렇게 진행됩니다.

제자들과 걸어가시다가 이른 봄에 무화과나무가 열매를 맺지 못한 것을 보셨습니다. 성경에는 아직 제철이 되지 않았기 때문에 열매를 맺지 못한 겁니다. 그러므로 무화과나무는 잘못한 게 없습니다. 그런데 예수님이 멀쩡한 나무에 제자들이 듣는 가운데 말씀하십니다.

"잘 들어라. 앞으로 그 누구도 이 나무에서 열매를 따 먹는 사람이 없게 되리라." 나무에게 아주 심한 말을 하셨습니다. 무슨 말이냐 하면, 앞으로 나무가 열매를 맺지 못한다는 말입니다.

제자들이 깜짝 놀랐습니다. 나무가 잘못한 것도 아니고, 가을쯤 돼서 열매를 못 맺었다면 그런 말 하셔도 이해가 가지만, 평소 개미 한 마리도 못 죽이시는 예수님이 멀쩡한 나무에 대고 심한 말씀을 하셨기 때문입니다.

"예수님께서 기분 안 좋은 일이 있으셨나? 소화가 잘 안되시나? 왜 이러시지?"

그리고 그 길을 지나갔습니다. 일을 다 보고, 예수님이 일부러 그 근처를 다시 지나가십니다. 그런데 그사이에 무화과나무가 말라 비틀어 죽어 버렸습니다. 그걸 본 제자들이 호들갑을 떨었습니다.

"아니, 예수님. 세상에, 아까 예수님이 말 한마디 던지고 갔는데, 그 나무가 죽었습니다."

예수님이 한마디 하십니다.

"잘 들어라. 너희도 열매를 맺지 못하면 이 모양 이 꼴이 되리라."

만약에 이렇게 말씀하셨으면 아무런 건더기가 없는 이

야기입니다. 하지만 예수님은 그렇게 말씀하시지 않았습니다.

"하느님을 믿어라. 일단은 믿어라. 너희가 이 산을 번쩍 들어서 바다에 빠지게 하라. 그러면 빠질 것이다."

믿음으로 하시는 말씀입니다. 믿음에서 솟아난 말은 반드시 이루어진다는 핵심 메시지를 가지고 있는 말을 전하신 겁니다.

"평소에 너희가 하는 말의 힘을 깨닫고 믿음의 언어로 선언하고, 어떤 때는 그 믿음의 언어로 마귀를 쫓아내고, 치유도 하고, 어떤 불가능한 일을 이루기를 바란다."

이 핵심 메시지를 전해 주신 겁니다.

천금말씨, 말의 비밀을 안다면, 이제 말을 부리는 사람이 되어야 합니다.

요즘 시편에 빠져서 아침에 시편을 자꾸 읽어봅니다. 읽다가 놀라운 사실을 하나 발견했습니다.

다윗이 어떻게 해서 훌륭한 임금이 되었을까. 정치에서 잔뼈가 굵어서 훌륭한 사람이 된 것도 아니고, 전쟁을 잘해서 임금이 된 것도 아닙니다. 우리가 흔히 말하는 문무 출신도 아닙니다. 바로 영성가 출신으로서 임금이 된 사람입니다.

당신이 있어 비로소 행복한 세상

다윗은 철저한 영성가입니다. 시간만 되면 하느님 앞에서 하느님을 찬미하는 말을 어마어마하게 합니다. 그리고 찬미하는 마음을 마음에 품고 있습니다. 하느님께서 그걸 보고 발탁해서 임금으로 써 주신 겁니다.

시편 1편 3절에 "하는 일마다 잘 돼라."는 말씀이 있는데, 하느님을 찬미하는 영성의 언어, "참회합니다. 감사합니다. 할렐루야, 아멘." 이 말이 입술에 배고, 마음에 배고, 그래서 영성가가 되면 사회에서 하는 일마다 잘 되게 되어 있습니다.

유대인들은 말이 사람을 살리기도 하고, 죽이기도 한다는 것을 알았습니다. 그래서 자녀 교육을 할 때 아이가 다섯 살쯤 돼서 유치원에 들어가기 전에 언어교양 교육을 합니다.

그 전에는 하나씩 잔소리를 하다가, 첫 등교에서는 "너, 조금 있으면 학교 가지. 학교 가면 말이야, 이제 내 말 잘 들어야 해, 거짓말하면 안 돼." 이 아이는 여기에 대해서는 너무나 당연하게 답변을 잘합니다. 왜냐하면 여태까지 거짓말하다 혼난 적이 많아서 경험으로 안 된다는 걸 알기 때문입니다.

"정말 거짓말하면 안 돼." 그러고 나서 엄마가 또 뭐라

그러냐면 "그러니까, 이제 참말도 해서는 안 돼." 아이가 깜짝 놀랍니다. "참말? 참말은 되잖아요? 참말은 왜 안 되는데요?" "아니야, 참말도 할 수 있는 참말이 있고, 해서는 안 되는 참말이 있어. 참말이라고 다 할 수 있는 말이 아니야. 어떤 말을 하면 안 될까?" 그러면 아이가 생각합니다. 그중에서도 똑똑한 아이는 자신의 경험을 되짚어 보면서 "어떤 사람은 내게 참말을 했는데, 내게 상처가 되었지." 그래서 아이가 대답할 줄 알게 됩니다.

참말이라도, 진실이라도 상처가 되는 말은 하면 안 된다는 것을 가르쳐 주는 겁니다. 배려의 언어를, 사회적인 언어를 가르쳐 주는 겁니다.

우리는 이런 걸 가르쳐 본 적이 없습니다. 유치원에 가면 선생님이 가르쳐 주겠거니 하고 선생님에게 미룹니다. 선생님은 집에서 그 정도는 가르쳐 줬겠지 하고 집으로 미루고, 누구도 아이의 언어 예절을 가르쳐 준 적이 없습니다.

왜, 유치원에 가기 직전에 이 말을 가르쳐 줘야 하는가 하면, 유치원 입학식 날 재미난 일이 많이 일어난답니다. 짝꿍을 둘씩 지어주는데, 그런데 어떤 아이가 웁니다. 마구 웁니다.

당신이 있어 비로소 행복한 세상

"너 왜 갑자기 우니?" 하고 물으니까 "못생겼어요." 아이들은 보는 대로 말합니다.

언어를 가지고 배려할 줄 알아야 하는 것, 참아야 하는 것, 하지 말아야 하는 것, 이런 것을 가르쳐 주려고 사회교육을 하는 겁니다.

우리가 병문안을 가서 환자에게 상처만 주고 오는 일이 수없이 많이 있습니다.

"아, 그사이에 또 말랐네. 피골이 상접하고 얼굴이 푸석푸석한 것 좀 봐. 큰일 났네, 큰일 났어."

병문안 가서 참말을 하겠다고 보는 대로 말하고 옵니다. 환자는 가만히 있는데, 자꾸 사람들이 비관하고 가니까 본인은 낙관하고 있다가 갑자기 비관하게 되는 겁니다.

병문안 갈 때에는 중무장을 하고 가야 합니다. 연습하고 가야 돼요. 가서 거짓말은 할 필요가 없지만, 희망의 말은 해 줄 수가 있습니다. 기도도 해 줄 수가 있습니다. 희망의 말은 창조적으로 할 수가 있습니다.

"아유, 이거보다 심한 사람도 다 나아서 퇴원했다고 하더라.", "누구는 다 죽었는데 살아서 나갔다고 하더라." 이런 것들을 잘 전달을 하면 사람을 살리는 겁니다. 말 가지고서.

인생을 회상하면서, 나의 인생의 정리를 조금 더 하면서, 인생에 이름표를 붙여 줘야 하는 사람들이 많습니다. 이름표를 잘 붙이는 게 중요합니다. 자기 인생에 대한 이름표를.

예를 들면 이런 겁니다. 저는 가끔 인터뷰할 일이 있으면 무지개 원리나 다른 책에서 읽어 어렸을 때 고생한 이야기들을 들춰냅니다. 신부님은 달동네에서 살았다며, 연탄배달을 했다며, 이런 이야기를 마구 끄집어냅니다. 정말 어렵게 살았거든요.

그런 이야기를 하고 나면 인터뷰하는 사람이 "그러면 신부님은 그 불행했던 시절을 어떻게 이기셨어요?"라고 묻습니다.

저는 달동네에 살았고, 연탄 배달을 했다는 등등 힘들게 산 이야기만 했는데 그걸 이 사람은 어느새 '불행했던 시절'이라고 이름을 딱 붙여 놓습니다. 이름은 잘 붙여 놓아야 하는데 말입니다.

저에게 그 시절은 정말 은혜의 시절이었습니다. 왜냐하면 우리가 부족을 느낄 때, 우리가 없을 때 하느님이 역사하시지, 하느님은 우리가 남아돌 때 역사하시지 않습니다.

저는 오히려 부족했기 때문에, 부족해서 공부하는 길

당신이 있어 비로소 행복한 세상

이 험난했기 때문에, 일기장에다 하느님도 찾고…, 저한 테는 그 시절이 기회였고, 불행한 시절이 아닌 은혜의 시 절이었습니다.

과거에 대해서, 지난날에 대해서 부정적인 단어로 이름 을 붙이면 하느님이 무척 섭섭해 하십니다. "내가 도와준 건 다 어떻게 되고, 어떻게 자기 과거를 돌아보는데 나를 쏙 빼놓고 자기 고생한 이야기만 그렇게 하느냐."고 하느 님이 내려다보시면서 무척 섭섭해 하실 겁니다. 하느님의 은혜를 생각해 은총으로 갈무리해서 이름을 붙이는 것도 지혜 중의 지혜입니다.

신해철이라는, 우리가 사랑하는 가수가 있었습니다. 신 자여서, 세례명이 아우구스티누스였는데 불의의 사고로 하늘나라로 떠났습니다. 무척 안타까운 일이 아닐 수 없 습니다. 이미 지나간 일이지만, 이렇게 말해서 굉장히 죄 송하지만, 하늘로 가셨으니까 그분에게 누가 되지 않기 를 바랍니다.

신해철의 프로필을 보다가 그가 실수한 대목을 발견했 습니다. 바로 자기 별명을 마왕이라고 붙였던 겁니다. 마 왕이라는 게 고상한 말이 아닙니다. 마왕이 뭡니까, 마왕 이. 마귀들의 왕이란 뜻입니다. "나는 좀 저항적인 노래를 부른다."라는 무언가를 강조하다가 마왕이라는 이름을 붙였을 겁니다.

이름을 붙이는 순간 자기의 영혼이 점점 지배를 받기 시작하게 되고, 자기도 모르게 비극으로 빠져들게 됩니다. 비극의 시나리오를 쓰다가 무의식에서 비극의 주인공이 되듯이 말입니다.

이름 하나를 아이들에게 붙여 줘도 긍정적인 언어로 이름을 붙여 주고, 신앙의 언어로 꿈의 언어로 이름을 붙여 주는, 그래서 지금 혹시 별명 중에서 자기에게 무의식중에 부정적인 영향을 끼치는 게 있으면 개명해야 합니다. 지금이라도 당장. 그래야 축복과 은총의 지대에 들어갈 수 있게 됩니다.

우리 아버지는 이북 출신이라, 저에게 남겨준 재산이 하나도 없습니다. 이북에서 혈혈단신으로 오시고, 고생하시다가 알코올 중독으로 돌아가셨는데 제가 지금도 가만히 생각해 보면 고마운 게 있습니다. 이름 하나, 우리 아버지가 저한테 이름 하나만큼은 잘 지어주셨습니다. 제가 제 이름의 의미를 되새긴 게 언제냐 하면 유럽에서 유학할 때입니다.

한국 이름이 뭐냐고 물어서 동엽이라고 하자, 그 뜻이

당신이 있어 비로소 행복한 세상

무어냐고 다시 물어서 "동녘 동 자에다가 빛날 엽 자인데, 동쪽의 태양이란 뜻이야." 그렇게 이름의 뜻을 풀어주고 났더니 기분이 좋은 겁니다. 그래서 저는 동엽이라는 이름 값을 하려고 노력하면서 살고 있습니다.

결국 우리의 관심사는 행복에 있습니다. 저의 '무지개 원리'가 100만 부쯤 나갔다는 말을 들으면서, 그렇다면 무지개 원리를 읽은 사람이 100만 명이라고 하니까 100만 명을 책임져야 한다는 생각이 들었습니다.

무슨 책임이냐 하면, 무지개 원리에다가 이렇게 하면 행복하다, 저렇게 하면 행복하다는 이야기를 많이 써놨는데, 정작 쓴 저자가 불행에 빠지면 사기꾼이나 다름없게 됩니다.

그러면 저는 오늘부터 책임지고 행복해야 됩니다. 의무적으로 행복해야 됩니다. 이제 행복해야 되는 의무를 저한테 부과했습니다.

이건 제가 저를 다스리는 말을 만들어낸 겁니다. 그게 뭐냐 하면, "그 무엇도 내 허락 없이는 나를 불행하게 만들 수 없다."는 걸 만든 겁니다.

"그 무엇도 내 허락 없이는 나를 강하게 만들 수 없다."

이게 무슨 말이냐 하면, 사람들이 대부분 그 무엇에 넘어갑니다. 그 무엇인가가 뭐냐 하면, 우리가 불행하다고 판단할 수 있는 유혹거리가 그 무엇입니다.

"너 돈 없지, 그러니까 불행해. 넌 네 꿈 못 이뤘지, 그러니까 불행해. 너 이제 은퇴할 나이가 됐지, 그러니까 불행해. 너 욕 먹었지, 그러니깐 불행해⋯."

그러나 그 무엇도, 지금 이야기하는 이것들도, 내가 허락하지 않으면 나를 불행하게 만들 수 없습니다.

이제 말로 다른 방어를 하는 겁니다. "내가 허락해야지, 내가 불행해진다는 근거는 뭐냐?" 생각과 감성의 관계를 우리가 끄집어내면 알게 됩니다.

이걸 최초로 착안해서, 생각과 감정의 관계를 가지고 인격 수련을 하려고 했던 사람이 누구냐 하면 소크라테스, 플라톤, 아리스토텔레스, 이 사람들입니다.

이 사람들이 아스테릭스라는 말을 만들었는데, 훈련이란 뜻입니다. 무슨 훈련이냐 하면 생각을 가지고 감정을 컨트롤하는 훈련입니다. 거기서 나오는 공식은 "우리의 감정은 우리가 생각하는 대로 따라 다닌다, 따라온다."라는 공식입니다.

감정은 독립된 변수가 아닙니다. 화가 막 나면 불행하다는 느낌이 듭니다. 이제 누가 미워집니다. 그럼 그 미움

당신이 있어 비로소 행복한 세상

만 가지고 가서 "미움아, 가라. 미움아, 사라져라." 하면 사라지지 않습니다. 불교에서는 이기적인 욕망이나 미움으로 인해 어떤 대상에 집착하는 감정을 애(愛)라고 합니다.

"너, 화 좀 어떻게 누그러뜨려 봐." 라고 아무리 말해도 애는 누그러지지 않습니다. 애를 누그러뜨릴 수 있는 것은 애와 연결되어 있는 생각과 판단을 바꾸는 방법뿐입니다. 그래서 결국 생각과 판단이 결정적인 것이고, 감정은 따라오는 겁니다. 우리는 생각을 잘 조정하고, 판단을 잘 조절하면 모든 게 가능해진다는 것을 알았습니다.

그래서 그걸 언어로 표현하고 언어로 막아 주는 겁니다. 이것이 언어의 비밀입니다.

불행이 엄습해 왔다고 죽을상을 하고 있는 것보다는 "그 어떤 것도 나를 불행하게 만들 수 없어." 하며 불행을 보내버리는 겁니다. 그렇게 해서 저는 그동안 어려웠던 일들을 풀어낸 일이 참 많았습니다.

왜 저라고 매일 좋은 일만 있겠습니까. 저처럼 설쳐대는 사람들은 돌도 많이 맞고, 욕도 많이 먹게 됩니다. 그런 일들이 있을 때 웬만하면 마음이 흔들리게 마련입니다. 그래서 주문을 바꿨습니다. '그러거나 말거나'로 말입니다.

"누가 욕하거나 말거나 나는 행복하다. 아무리 앞에서

뭔 일이 일어나도 나는 그러거나 말거나 행복하다. 일이 산더미처럼 쌓여 있어도 그러거나 말거나 나는 행복하다."

그런 일은 없었지만, 주교님한테 야단을 된통 맞고 나와도 "그러거나 말거나 나는 행복하다."고 말입니다.

이렇듯 말은 우리를 구원해 주는 역할을 합니다.

제가 우선순위의 법칙을 깨닫고 나서 자유를 얻는 깨달음이 있습니다. 우선순위의 법칙이 뭐냐 하면, 우리가 알고 있는데 덜 명료하게 알고 있는 것인데, 우리가 명료하게 깨달으면 이것을 써먹을 수가 있습니다.

어떤 것을 명료하게 알고 있는 것과 덜 명료하게 알고 있는 것의 차이가 뭐냐 하면 어렴풋이 알고 있는 것은 써먹지를 못한다는 겁니다. 하지만 명료하게 알고 있는 것은 써먹을 수가 있습니다.

우선순위의 법칙은 여러 가지에 적용해서 써먹을 수가 있습니다. 우리가 우선순위에서 앞에 모두 갖다 놓으면 우선순위를 조정해서 앞에 모두 재배정을 해 놓으면 더 쉽다는 겁니다. 결론은 "뒤에가 쉽다."입니다.

신자분들이 이런 이야기를 많이 합니다.

"신부님, 이번 사순절 때 이번만은 제가 기도하고 싶어요. 새벽 미사도 가고 싶어요. 이번엔 제가 아주 열심히 하

당신이 있어 비로소 행복한 세상

고 싶은데, 연말에 또 뭘 그렇게 일정이 많은지, 회식이 많은지, 제 일이 잘 안 되네요."

"이 사람은 지금 뭐가 문제입니까? 이 사람은 연말에 바쁜 일이 많은 게 문제입니까?"

이 사람에게 문제는 우선순위에서 친목이 먼저 앞에 와 있고 기도가 뒤로 밀려 있는 게 불행입니다. 이 사람이 하느님을 먼저 우선순위로 정하면 세상에서 아무리 여러 사람이 유혹해도 우선순위 먼저 해 놓고 다음에 하면 고민거리가 될 수 없습니다. 이 사람은 우선순위의 조정이 안 된 것이 힘든 겁니다.

"나는 행복해지고 싶은데, 행복이 그렇게 마음대로 안 돼요."

이 사람에게 문제의 비밀이 뭐냐 하면, 그것은 행복의 우선순위가 5순위 밖으로 밀려나 있는 겁니다.

이 사람에게는 돈이 우선순위이고, 그다음에는 여러 가지 본인의 문젯거리들이 앞에 있습니다. "이게 다 해결되면 행복하겠구나." 하고 생각하는 겁니다.

하지만 이 사람에게 행복은 죽을 때까지 안 옵니다. 문제가 죽을 때까지 해결이 안 되기 때문입니다.

문제를 해결하려면 행복을 제일 앞에다 놓고서 다 해결

되지 않아도 "나는 행복할 자격이 있는 거야, 자격이 있다."고 그러면 그때부터는 자유를 얻게 되는 겁니다.

평화도 마찬가지입니다. 용서가 안 되는 사람들은 뭐가 문제냐 하면 평화를 우선순위 중 앞 순위에다 갖다 놓지 않았기 때문에 용서가 안 되는 겁니다.

"나는 그냥 갈등인 상태로 용서 안 하고 살래."

이게 용서를 안 하는 이유고, 평화를 간절히 원하는 마음이 0순위로 와 있을 때는 평화를 위해서 용서해 버립니다. 이게 우리의 깨달음입니다. 이걸 앞에다 갖다 놓으면 됩니다.

저는 이것을 어디서 깨달았느냐 하면, 학생들과 대화를 하다가 깨달았습니다. 대학생들과 그룹으로 대화할 기회가 있었습니다.

"우리는 사는 게 어려워요. 아버지 세대는 우리의 어려움을 알아야 해요. 빚을 얻어 학교 가야 하고, 등록금 내야 하고, 대출 갚으려고 아르바이트를 하는데 맥도날드 같은 데서 일해요. 12시에 집에 가기 십상이에요. 밤늦도록 일한 뒤에 공부도 해야 하니, 정말 힘들어요."

"아, 고생이 많구나. 12시까지 일하고 집에 가는구나. 그러면 연애는 언제 하니?"

당신이 있어 비로소 행복한 세상

"그것도 다 해요."

"그렇게 바쁘다면서 연애는 언제 하니?"

"그 시간은 다 확보해 놓고 살아요."

이 학생의 우선순위에는 연애가 앞 순위에 와있기 때문에 가능한 겁니다. 그러니까 말도 중요하고 다 중요한데, 우선순위를 갖다 놓고 그 우선순위에 맞게끔 선택하면 좋은 일들이 많이 생긴다는 이야기입니다.

감정은 독립된 변수가 아닙니다. 화가 나는 상황에서 미움이 생기는 것입니다. 그런데 그 미움만 보고 "미움아 가라. 미움아 사라져라." 하면 사라지지 않습니다. 애는 자기가 독립된 애가 아니라서 사라지지 않습니다.

"너 화 좀 어떻게 누그러뜨려 봐." 누그러지지 않습니다. 애를 누그러뜨릴 수 있는 것은 애와 연결되어 있는 생각을 바꾸는 방법뿐입니다. 판단을 바꾸면 애가 누그러집니다. 그래서 생각과 판단이 결정적인 것이고, 감정은 따라오는 겁니다. 우리는 생각을 잘 조정하고, 판단을 잘 조절하면 모든 게 가능해진다는 것을 알았습니다.

그래서 그걸 언어로 표현하고 언어로 막아 주는 겁니다. 이것이 바로 언어의 비밀입니다.

### 한비야

· 오지 여행가이자 국제구호전문가 · 현 유엔 중앙긴급대응기금 자문위원 · 월드비전 세계 시민학교 교장 · 《1g의 용기》, 《한비야의 중국견문록》, 《지도 밖으로 행군하라》, 《바람의 딸 걸어서 지구 세 바퀴 반》 외 다수 · '네티즌이 만나고 싶은 사람 1위', '대학생이 존경하는 인물 1위', '평화를 만드는 100인'으로 선정

6

# 1g의 용기

"할까? 말까?" 하는 망설임이

50 대 50으로 팽팽하게 맞설 때

0.1g의 용기만 보태도

'할까?' 쪽으로 기울게 되는 거예요.

아프가니스탄부터 시작한 긴급 구호현장을 지금까지 15년간 다니면서 현장에 얽힌 이야기와 현장에서 느낀 이야기 그리고 현장에서 하느님을 어떻게 만났는지, 그 이야기를 해드리려고 합니다.

그런데 저는 말이 빠릅니다. 어렸을 때부터 말을 빨리 하니까 경솔하게 보인다, 덤벙대는 것 같다, 말을 천천히 하라고 얼마나 많은 얘기를 들었겠습니까. 제일 고치고 싶은 사람은 저였습니다.

누구든지 다른 사람이 말하는 자기 결점은 자기가 제일 잘 알고 있습니다. 그래서 고치려고 열심히 노력했지만, 세상에는 아무리 온 힘을 기울여 노력해도 안 되는 게 있습니다.

그건 하느님께서 주신 DNA입니다. 하느님이 저를 그렇게 만드신 겁니다. 따라서 하느님께서 주신 DNA에 저항하지 말고 그대로 인정, 순응하며 충분히 활용을 하자, 이렇게 결론을 내렸습니다.

그 대신 저는 상대가 제 말을 잘 알아들을 수 있도록 발음을 정확하게 하면 되는 겁니다. 발음을 정확하게 하는 것은 제가 할 수 있는 일이기 때문입니다.

그래서 고등학교 때부터 아침마다 거울 앞에 서서 입을 크게 벌려가며 시를 읽었습니다. 아나운서 발음 연습하듯이 단어 하나하나 세지 않게 30년간 시를 읽었습니다. 그러니 얼마나 많은 시를 읽었겠습니까.

수만 편의 시를 읽고 또 읽고 하다 보니 머리가 나쁘지 않은 이상 저절로 시를 외우게 되었습니다. 덕분에 제 글이나 제 말에서 아름다운 시어가 나옵니다.


'1g의 용기', 원래 제목은 '0.1g의 용기'였습니다. 6년 만에 세상에 태어난 책인데, 필리핀 현장 근무를 하고 돌아온 어느 날 기도를 하는데 하느님이 "0.1g의 용기를 주어라"고 말씀하셨습니다.

'0.1g의 용기?' 이게 뭘까 생각했는데, 알고 보니까 저를 통해서 여러분에게 주고 싶은 하느님의 선물이었습니다.

용기는 누구한테 왕창 주는 게 아닙니다. 어떤 사람이 용기가 필요할 때 아무것도 하지 않고 "내가 용기가 필요해요" 하는 사람에게 1톤을 줘도 모자랍니다. 뭔가 하려고 할 때 "할까? 말까?"가, 가능성과 두려움이 50 대 50으로 팽팽하게 맞설 때 '0.1g의 용기'만 보태도 '할까' 쪽으로 확 기울게 되는 겁니다.

이렇듯 우리에게는 "할까? 말까?" 하는 순간들이 많습니다. 그럴 때 그런 용기를 주고 싶었습니다.

태양처럼 찬란하게 뜨겁고 센 용기가 아니라 겨울 아침의 햇살처럼 부드럽고 따뜻한 용기를 주고 싶었습니다.

될 일도 안 되고, 인간관계도 꼬이고, 살맛이 나지 않는 추운 겨울날 아침의 첫 번째 햇살이 얼굴에 비쳤을 때, 저는 그게 '1g'이라고 생각합니다. 그 '1g의 햇살'을 받고 "그래, 한 번 해보자"라는 용기를 내는 그런 용기를 주고 싶었습니다.

하느님의 소명을 받은 모세가 유대 민족을 이끌고 홍해

앞에 다다랐을 때, 이집트 전차부대가 뒤에서 바짝 쫓아오고 있었습니다. 절체절명의 순간에 모세가 믿음을 가지고 바닷물 속으로 한 발짝 내디뎠기에 물이 갈라진 겁니다. 물이 갈라져서 발을 내디딘 게 아니라는 겁니다. 그 이야기를 하고 싶었습니다.

할까 말까 망설일 때 정말 조금만 보태면 확 이쪽으로 가는 그 용기를 주면 얼마나 좋을까 생각했습니다.

여름에 여러 가지 많은 것을 준비해서 물놀이를 떠났습니다. 막상 강에 도착해서는 물이 얼마나 차가울지 몰라 물속에 들어갈까 말까 망설입니다. 물에서 놀려고 마트에 가 이것저것 장도 보고 많은 것을 준비했는데, 물이 차가울까 봐 들어가지 못한다는 건 너무나 안타까운 일입니다. 이럴 때는 눈 딱 감고 한 발짝 내디뎌 물속에 들어가는 겁니다. 물이 차가워 견딜 수 없으면 나오면 되는 것이고, 견딜 만하면 그냥 물에서 놀면 되는 겁니다. 들어갈까 말까 망설이는 마음은 한 발짝에 있다고 봅니다.

이렇게 무엇인가를 할까 말까 망설이는 많은 사람에게 제가 '1g의 용기'를 보태는 겁니다.

일반적으로 할까 말까 하는 몇 가지와 할까 말까 할 때 꼭 해야 하는 몇 가지를 말씀드리고자 합니다.

당신이 있어 비로소 행복한 세상

할까 말까 할 때 하지 말아야 할 것은, 물건을 살까 말까 할 때는 사지 않는 겁니다. 여행가방 안에 무엇을 넣을까 말까 할 때는 넣지 않는 겁니다. 10시 이후에 무엇인지를 먹을까 말까 할 때는 먹지 않습니다.

그리고 망설일 때 해야 할 것은, 놀까 말까 할 때는 무조건 놀아야 합니다. 여행을 갈까 말까 할 때는 무조건 여행을 떠납니다. 여행은 힘든 여행이 있을 뿐이지 나쁜 여행은 없습니다. 무엇인가를 배울까 말까 할 때는 무조건 배웁니다. 우리나라 속담 중에서 틀린 게 있습니다. "가다가 아니 가면 아니 감만 못한다"는 속담입니다. 가다가 아니 가면 간만큼 이익입니다. 중국어를 배우다가 그만두거나, 요리를 배우다가 그만두면 그만큼 이익인 것입니다.


제가 긴급구호현장에 가면 사람의 목숨이 위태롭기 때문에 제 생명을 걸어야 합니다. 그건 어쩔 수 없는 일입니다. 사람을 살리려면 제 목숨도 걸어야지 대충 할 수 없는 일입니다.

저를 돌아다니는 '바람의 딸'로 아시는 분은 지금부터 잊어주셨으면 합니다. 1993년도에 직장을 그만두고 1999년도까지 6년간 혼자서 배낭을 둘러메고 오지로 다

녔을 때 얻은 별명이 '바람의 딸'이었지만, 지금은 2001년부터 시작해서 지금까지 15년째 1년 중 6개월은 학교에서 학생들을 가리키고, 1년 중 6개월은 남수단 현장과 에볼라가 창궐했던 서아프리카 현장 등 긴급구호현장을 다녔습니다.

지난해에는 시리아 현장에 가려고 했으나 극단 이슬람 무장조직인 흉악한 IS 때문에 가지 못하고, 태풍 하이옌으로 큰 피해를 당한 필리핀 현장과 백만 명 정도의 시리아 난민이 있는 터키 남부의 난민촌 현장을 다녀왔습니다.

이렇게 15년 동안 다니면서 똑같은 '바람의 딸'이 지금은 "무엇인가를 바랍니다"라는 '바람의 딸'이 되었습니다.

굶은 아이가 없는 세상을 만들기 바랍니다, 전쟁이 없는 세상을 만들기 바랍니다, 모두가 동일한 기회를 가질 수 있기를 바랍니다, 하는 그런 '바람의 딸'이 된 것입니다. 똑같은 '바람의 딸'이지만 완전히 달라진 '바람의 딸'입니다.

'1g의 용기', 저는 이 책을 내면서 제가 '하느님의 딸'이라는 것을 너무나 확실하게 불어버리고 말았습니다. 왜냐하면 하느님이 저에게 그러셨습니다. 이 책에다 "담대

당신이 있어 비로소 행복한 세상

하게 나를 증거하라"고 하셨습니다. 솔직히 저는 두려웠습니다. 이 책은 가톨릭 서적이 아니라 대중들이 읽는 대중서입니다. 대중서에서 할 수 있는 말과 할 수 없는 말이 있다고 생각했습니다. 제가 그 사이에서 대중의 눈치를 본 것 같습니다. "이런 하느님 얘기를 해도 되나? 저런 것까지 이렇게 하면 천주교 신자 등 기독교 신자가 아닌 사람들은 어떻게 받아들일까?" 이렇게 생각했던 것 같습니다.

그런데 이번에 하느님께서 "담대하게 나를 증거하라"고 하셔서 정말 열심히 썼습니다. 예수님의 이름으로 이런 말 저런 말을 할 수 있었던 용기는 '바람의 딸'에서 '빛의 딸'이 되고 싶은, '1g의 용기'를 햇살의 모양으로 나눠주는 용기를 주고 싶었던 것입니다.

힘들고 어려운 지역을 갈 수 있는 용기, 그 용기는 이런 데서 오는 것 같습니다. 보통 무슨 일이 하고 싶은데 용기가 안 난다고 얘기합니다. 그것은 저는 거짓말이라고 생각합니다. 무슨 일을 하고 싶은데 용기가 나지 않으면 한번 가슴에 손을 얹고 생각해보십시오. 자기가 하고 싶다는 그 일이 정말로 하고 싶었던 일인가. 용기는 조금 하고 싶으면 조금 용기가 나고, 중간으로 하고 싶으면 중간으로 용기가 나고, 정말로 많이 하고 싶으면 알 수 없는 용기가 나는 것입니다.

지난해 제가 다녀왔던 시리아 난민촌이 어떤 곳이냐 하면, 시리아는 정부가 국민을 쥐 잡듯이 탄압하고 있는 나라입니다. 또 정부군에 대항하는 반군이 있는데, 그 반군도 정부군 못지않게 나쁜 놈입니다. 그러니까 국민은 나쁜 놈과 더 나쁜 놈 사이에 있다는 겁니다. 이런 와중에 IS라는 괴물이 생겨났습니다. IS는 원래 ISIS(Islamic state of Iraq and Syria)인데 얼마나 흉악한 괴물이냐 하면, IS 대원으로 있다 그만둔 사람을 배반했다고 해서 그 사람의 아내와 젖먹이 아기를 끌고 와서 젖먹이 아기를 죽인 후 팔뚝 살을 저며서 엄마·아빠에게 강제로 먹였다고 합니다. 그런데 이런 끔찍스런 일이 매일 다반사로 일어나고 있다는 겁니다.

또 잠자고 있는 시각에 갑자기 나타나 집집마다 불을 지르고, 화학무기로 살인 가스를 살포하고, 그러면 여러분은 어떻게 하겠습니까. 살고 싶으면 도망 나올 수밖에 없습니다. 이 사람들은 살고 싶어서 국경을 넘은 것입니다.

국경을 넘게 되면 국제법에 따라 보호를 받게 되어 있습니다. 그러면 UN이나 적십자 그리고 저와 같은 NGO 국제구호팀으로부터 보호를 받으면서 물, 식량, 보건의료,

피난처를 제공받게 됩니다. 문제는 모든 난민을 다 수용할 수 없다는 것입니다. 그들을 보호하고 제공하는 물품이 한정되어 있어서 어쩔 수 없이 나머지 난민들은 자신들이 스스로 알아서 살아야 합니다.

큰불이 난 집안에서 40명이 구조를 기다리는데, 열심히 노력해서 10명은 구조를 했습니다. 그런데 인원들은 지쳐있고, 물도 다 떨어지고, 다시 돌아가 나머지 사람들을 구할 수 없게 되었습니다.

그런 난민들을 볼 때 마치 불난 집안에 갇혀있는 나머지 30명을 보는 심정입니다. 저는 현장에 가면 사람을 구했다고 하는 마음보다는 구할 수 있었는데 못 구했다는 마음이 훨씬 큽니다. 그래서 저는 현장에 가면 제정신이 아닙니다.


우리나라 사람들이 열심히 일한다는 열심히는 다른 나라 사람들의 열심히와 완전히 틀립니다. 열심히의 강도를 보면 백배가 넘습니다. 저는 외국에 나가면 한국 사람이라는 것을 자랑하고 싶어 얼굴에다 태극 문신을 하고 싶을 정도입니다. 모든 사람이 제가 한국 사람이라는 것을 알았으면 좋겠습니다.

한국 사람이라는 것을 알기만 하면 질문이 마구 쏟아집니다. 못사는 나라에서는 "너희 나라는 전쟁이 나서 완전히 폐허가 되었는데 어떻게 잘 사는 나라가 되었느냐"는 질문이고, 잘사는 나라에서는 "너네는 나라가 위기에 처하면 어떻게 해서 잘 뭉칠 수 있냐"면서 IMF 때 얘기를 꼭 합니다.

아기 돌 반지를 비롯해서 금이빨까지 빼서 IMF를 극복한 나라는 전 세계에서 우리나라밖에 없습니다.

요즘에도 뉴욕타임스 같은 세계 유력지에서 "한국이 IMF를 어떻게 극복했는가"를 다시 조명하고 있는데, 당시 IMF가 한국에 했던 조건은 여태까지 IMF가 했던 조건 중에 가장 가혹한 조건이었다고 합니다. 말하자면 완전히 생살을 뜯어가는 조건이었습니다. 그럼에도 불구하고 우리는 그것을 극복한 사람들입니다. 우리나라의 열심히가 그 정도입니다.

현장에 가면 다들 열심히 합니다. 그런데 그중에서 제가 가장 돋보입니다. 왜, 한국 사람이기 때문입니다. 우리는 한국에서 그렇게 열심히 해왔으니까, 어디 가서 무엇을 하든 열심히 하는 겁니다.

난민촌에 말라리아에 걸려 열이 펄펄 나는 아이가 있

당신이 있어 비로소 행복한 세상

는데 천 원짜리 키니네만 주면 됩니다. 천 원만 있으면 이 아이는 일단 살 수 있는 겁니다. 그것을 보면 잠을 잘 수가 없습니다. 어떻게 해서든지 돈을 모아야 하는 겁니다.

또 어떤 아이는 설사만 해도 죽습니다. 설사는 죽을병이 아닌데도 영양이 나쁘다 보니까 탈수를 하게 되면 그냥 죽게 됩니다. 조금 전까지만 해도 놀던 아이가 다음 날 보면 죽어있는 겁니다. 이렇게 난민촌에서는 하루에 몇 백 명의 아이들이 죽어 나갑니다.

얼마나 분하고 억울한지 모르겠습니다. 그 아이들은 비싼 약이 필요한 것도 아니고, 복잡한 수술이 필요한 것도 아니고, 그저 천 원짜리 링거 한 병이면 살아있을 아이였습니다.

이 아이는 열이 펄펄 끓고 있고, 또 이 아이는 설사를 하면서 사경을 헤매고 있는데 잠을 잘 수 있는 사람은 아무도 없습니다. 있는 힘을 남기는 사람은 없습니다. 그래서 열심히 일을 하게 됩니다.

몇 날 며칠을 잠을 못 잡니다. 일주일에 10시간 자면 많이 자는 겁니다. 왔다 갔다 하면서 짬짬이 눈을 붙일 수는 있겠지만, 본격적으로 침대에 누워 자는 잠은 일주일 동안에 10시간밖에 안 되는 날이 많습니다.

저는 잠을 무척 조금 잡니다. 4시간이면 충분합니다. 4시간을 자면 허리가 아파서 더 이상 못 누워 있습니다. 저한테 어떻게 하면 잠을 조금만 잘 수 있냐는 질문이 있는데, 어떻게 하는 게 아니고 그냥 그런 DNA를 타고 난 겁니다. 하느님께서는 공평하셔서 '말 빨리하는 좋지 않은 DNA'를 주셨지만 '잠을 조금만 자도 되는 좋은 DNA'도 주셨습니다.

덕분에 현장에서 조금만 잠을 자도 되는 사람입니다. 그럼에도 불구하고 몇 날 며칠 동안 잠을 못 자고 힘이 들면 눈에 실핏줄이 터집니다. 그때 몸을 풀기 위해 기지개를 켜고 하품을 하면 눈물이 나는데, 끈적한 느낌에 만져보면 피눈물입니다.

저는 그 피눈물을 보면 기분이 좋아집니다. 내가 하고 싶은 일과 해야 할 일이 딱 떨어지는 지점에서 내가 100% 몰두하고 있구나, 내 마음을 다하고 있구나, 힘도 없는 주제에 있는 힘을 하나도 남기지 않고 정말 내가 그렇게 하고 있구나, 거기에 대한 물증이 남는 겁니다. 그런 물증을 보면서 그런 힘이 나는 것이고, 그럴 때 용기가 나는 겁니다.

정말로 내가 무슨 일을 하고 있는지, 이 일이 나도 좋고

남도 좋고 하느님께 좋은 일인지 삼박자가 맞아야 할 것 같습니다. 내가 아닌 우리, 나의 성공이 우리의 성공, 그래야 멋진 겁니다. 나만의 성공은 허접스러운 것이고, 성공 중에서 가장 저질인 겁니다.

고품질 성공은 나의 성공이 우리의 성공과 연결될 때, 그리고 나의 성공이 우리의 성공과 연결되면서 하느님께 찬미와 영광과 감사를 드릴 때입니다. 그때 하고 싶은 일과 해야 할 일이 딱 떨어지는 거기에서 할 때가 용기가 나는 겁니다.

현장은 정말 두렵습니다. 왜 저라고 안 두렵겠습니까. 이렇게 피눈물을 흘려가면서 일을 해도 현장에 가면 아주 위험한 일이 많이 생깁니다. 아프가니스탄 같은 경우에는 대부분이 지뢰밭입니다. 여기저기서 전쟁을 하니 지뢰가 얼마나 많겠습니까. 러시아에서 와서 묻고, 탈레반이 와서 묻고, 미국이 와서 묻고….

저는 48시간 대기조이기 때문에 전쟁이 끝났다 하면 지뢰가 묻혔는지 안 묻혔는지 모르지만 가야 합니다. 무엇보다도 그들에게 제일 중요한 식수를 제공해줘야 합니다. 미룰 수가 없습니다. 그곳 주민들에게 지뢰가 묻혀있을 수 있는 장소에 대해 대충 물어봐서 웬만하면 일을 시작합니다.

처음에 식량 담당이었던 저는 20kg짜리 옥수숫가루를 들고 두 달 동안 왔다 갔다 했던 곳인데, 나중에 알고 보니까 거기가 다 지뢰밭이었습니다. 깜짝 놀랍습니다. 이게 어찌 된 일인가 생각했습니다.

저처럼 현장에 오래 있었던 사람 중에는 가톨릭 신자건 개신교 신자건 신앙을 완전히 잊어버린 사람이 있습니다. IS가 젖먹이 아기를 갈아서 부모한테 먹이는 현장을 보고 어떻게 하느님의 존재를 믿을 수 있겠습니까. 하느님이 계신다면 어떻게 이런 것을 보고 그냥 놔두시는가, 이런 생각을 하지 않을 수 없습니다.

1초, 2초, 3초…, 아이가 한 명 죽었습니다. 1초, 2초, 3초…, 또 아이가 죽었습니다. 금방 죽은 아이는 비싼 약이 필요해서 죽은 게 아니고, 복잡한 수술을 못 받아서 죽은 것도 아니고, 그 아이는 그냥 밥만 먹으면 사는데 밥을 먹지 못해 죽은 겁니다.

전 세계에는 모든 사람을 뚱뚱하게 만들 만큼의 식량이 있습니다. 그런데 그 아이는 굶어 죽은 겁니다. 너무 억울하지 않습니까. 그러면 그때 어쩔 수 없이 하느님을 원망하게 됩니다. 신자였던 사람이 완전히 신앙을 잃고 하느님의 존재를 거부하는 사람이 있습니다.

그러나 저는 너무나 당연히 현장에 가면 갈수록 신심이 깊어지는 것 같습니다. 하느님은 사람을 통해서 일을 하십니다. 하느님이 우리를 여기까지 오게 하셨으니 우리를 보호하시는 것은 당연한 일입니다.

"물가에 가도 너를 보호할 것이며, 불가에 가도 너를 보호할 것이다. 너를 지명하여 불렀으니 너는 내 것이다."

이 말만 굴뚝같이 믿고 가는 겁니다. 그러면 어떻게 해서 지뢰밭에서 살 수 있었을까. 하느님께서 저를 어려운 현장에 보내셨으니, 그렇게 어려운 순간에는 저를 업고 계시다는 걸 확실하게 느낍니다.

어느 때는 길을 가다가 누가 내 뒷목을 확 잡아당기는 것을 느낍니다. 저의 뒷목을 잡아당겨서 뒤로 넘어뜨릴 때도 있었습니다. 누가 내 뒷목을 잡아당겼을까, 보면 아무도 없습니다. 누굴까요? 너무 뻔하지 않습니까. 거기는 위험한 곳이었습니다.

지뢰밭도 마찬가지였습니다. 그 지뢰밭은 100kg에 터지는 대전차 지뢰밭이었던 겁니다. 그곳이 비행장이어서 대전차 지뢰를 묻었던 것인데, 그게 만약 5kg에서 50kg에 터지는 발목 지뢰였다면 저는 발목이 없어졌을 겁니다.

저는 시체를 너무나 많이 봐왔습니다. 특히 쓰나미 현장 한 곳에서만 하루에 수백 구의 시체를 봤는데, 오래되었음에도 저는 아직도 부패한 시체 냄새의 기억을 지울 수가 없습니다. 오자마자 심리치료를 받았어야 했는데, 그때는 긴급구호 초기였기 때문에 심리치료를 받겠다는 말을 못 꺼냈습니다. 평생 안고 가야 하는 트라우마가 되었는데, 그 냄새와 비슷한 냄새를 맡는 날이면 어김없이 악몽을 꾸게 됩니다. 악몽은 언제나 한 가지입니다. 악몽을 꿀 때면 입고 자는 티셔츠를 짤 정도로 식은땀이 납니다. 얼마나 괴로운지 모르겠습니다.

제가 무너진 건물더미에 묻혀있습니다. 위에서 웅성웅성 사람 소리가 들립니다. 그러면 제가 저를 찾을 수 있도록 막 소리를 지릅니다. 그때 누군가가 밑에서 제 발목을 잡아당깁니다.

이런 똑같은 악몽을 지금 8년째 꾸고 있습니다. 이 사람들이 저를 찾아서 위로 저를 끌어올려 살려주든지 아니면 밑에서 발목을 잡아끌고 내려가 제가 죽든지, 빨리 끝났으면 좋겠습니다.

그러나 괜찮습니다. 왜냐하면 고통받고 있는 사람들을 살려야 하니까요. 세상에 태어나서 한 사람만 살리고 가도

당신이 있어 비로소 행복한 세상

본전인데 하느님이 무슨 생각을 하셔서 저를 쓰시는지, 제가 한 번 현장에 가면 몇천, 몇만 명 살리는 데 일조하고 있는 것 아닙니까. 그래서 용기가 나는 겁니다.

두려움이 없는 게 아니라 두려움을 이기는 것 같습니다. 현장에서뿐만 아니라 평상시에도 두려움이 있습니다. 할까 말까 하는 일도 있고, 억울한 일도 있고, 견딜 수 없이 괴로운 일도 있습니다.

두려움이 밀려와 무서워서 어쩔 줄 모를 때 저는 산에 올라가 사람이 없는 곳에 가서 큰소리로 "나사렛 예수의 이름으로 두려움아 물러가라!" 세 번을 외칩니다. 선포를 하는 겁니다. 그러고 나면 마음이 확 가라앉습니다.

제가 어떻게 두려움을 물리칠 수가 있겠습니까. 제힘으로는 할 수가 없는 겁니다. 그래서 "나사렛 예수의 이름으로" 두려움을 물리치고 있습니다.

여기서도 또 얘기하는 게 이겁니다. 무엇인가를 하고 싶은 데 용기가 안 나는데, 정말 조금 하고 싶은지, 중간을 하고 싶은지, 많이 하고 싶은지….

학교의 조교가 6개월 내내 저를 조릅니다. 산에 갈 때 한 번만 같이 가자는 겁니다. 한 번만 같이 가면 교수연구실도 깨끗이 정리해주고 꽃도 한 송이씩 꽂아 놓겠다고 해서 정말 많이 가고 싶은 것 같아 보였습니다. 그래서 어느 날 세 명의 조교와 같이 가자고 했습니다.

그런데 하필이면 그날 아침부터 비가 오기 시작했습니다. 비가 오니까 이 조교한테서 전화가 왔는데 "비가 오는데도 산에 가느냐"는 겁니다. 그래서 제가 "너는 비 오는 날엔 밥 안 먹냐"고 했는데, 결국 그 조교는 집에서 출발도 안 하고 나머지 두 명의 조교들만 저를 따라 산에 갔습니다.

중간쯤까지 같이 오르던 한 조교가 운동화가 미끄러워 더 이상 못 올라가겠다며 먼저 밑에 내려가서 기다리겠답니다. 한 조교만 저를 따라 왔는데, 그 조교는 제일 미끄러운 운동화를 신은 데다 복장도 불량하고 등산하기에는 살짝 과체중이었음에도 저하고 북한산 비봉까지 올랐습니다.

제가 이런 예를 드는 것은 앞에 전화했던 조교는 정말 하고 싶다고 얘기는 했지만 실은 비가 오니까 당장 포기할 만큼만 하고 싶었던 것이고, 중간에서 내려간 조교는 시작은 했지만 조금만 힘들 일이 있으면 그만두고 싶었던 거였습니다. 정말 하고 싶은 조교는 제일 잘 미끄러지는 운동화를 신고 옷도 불량이지만 끝까지 갔던 친구죠.

당신이 있어 비로소 행복한 세상

"내가 무슨 일을 하고 싶은데 용기가 나지를 않아" 할 때 내가 첫 번째 조교인가, 두 번째 조교인가, 세 번째 조교인가를 살펴봤으면 좋겠습니다.

그러면 또 "나는 무엇인가를 하고 싶은데 나이 때문에 용기가 안 난다"고 하는 사람이 있습니다. 인생이라는 게임은 콜드게임이 없습니다. 어차피 게임을 해야 하는 겁니다.

제가 첫 번째 책을 냈을 때가 서른여덟 살인데, 그때까지 저를 주목하는 사람은 아무도 없었습니다. 무명 중의 무명이었으니까 누가 저를 주목했겠습니까.

저는 아버지가 중학교 2학년 때 돌아가셔서 집안 형편이 어려웠습니다. 고등학교 때는 공부를 무척 잘했는데, 공부를 잘해 가면 엄마가 좋아하셨기 때문에 공부를 열심히 했습니다. 매일 기죽어 있는 엄마의 기를 살려줘야겠다고 공부를 아주 열심히 했습니다.

공부를 잘해서 이름만 잘 쓰면 학교에 들어간다고 했는데 그만 떨어지고 말았습니다. 망신살이 뻗친 겁니다.

재수할 처지도 못되고 그래서 학교를 포기하고 저는 6년 동안 온갖 아르바이트를 다 했습니다. 생활비도 벌어야 하고 해서 메뚜기처럼 뛰어다녔습니다. 지금처럼 편의점에서 일하면 대졸이나 고졸이나 똑같이 돈을 주는 게 아니고, 당시에는 대학생이 6천 원이라면 저는 고졸이라고 해서 3천 원을 받았습니다.

그러던 어느 날 학교 추천으로 저를 비롯해서 세 명이 동사무소의 임시공무원이 되었습니다. 그때 저는 DJ도 하고, 성당 앞에서 귤을 팔기도 하는 등 온갖 돈 되는 일은 다 하고 있을 때인데 운 좋게 임시공무원 자리가 생긴 겁니다.

그런데 그곳에서 만난 상사가 세상의 갑질이라는 갑질은 다 하는 겁니다. 막말은 다반사이고, 매일 아침마다 달걀노른자를 띄운 모닝커피를 갖다 바치면 달걀노른자가 가라앉았다는 둥 어떻다는 둥 트집을 잡고 우리 세 명을 울립니다.

우리를 울리는 게 이 사람이 하루에 해야 할 일인 양, 쥐꼬리만한 권력도 권력이라고 휘두르고 싶은 겁니다. 저는 안 울었습니다. 제일 울리고 싶었겠지만 울지 않으니까 더 괴롭혔습니다. 저를 부를 때도 "야!"라고 합니다. 그러면 저는 "제 이름은 야가 아니고 한비야입니다. 이름을 불러주세요." 하다가 잘릴 뻔했습니다.

당신이 있어 비로소 행복한 세상

돈을 벌어야 하니까 잘리면 안 되기 때문에 '야!'라고 부르면 저는 대답을 하지 않고 그냥 가는 방법을 선택했습니다. 이렇게 매일 그 사람은 우리들의 가슴에 비수를 꽂았습니다. 그래도 참아야 했습니다. 잘리면 돈을 못 버니까, 이를 악물고 견뎌내야 했습니다.

이런 얘기를 엄마나 언니나 가족에게 못합니다. 얼마나 가슴이 아프겠습니까. 또 자존심이 상해서 친구들에게 말을 못합니다.

그래서 일기에다 썼습니다. 그 사람이 우리에게 어떻게 했는지를 아주 꼼꼼하게 썼습니다. 만약에 저에게 일기 쓰는 습관이 없었다면 저는 가슴이 터져서 죽었을 겁니다. 저는 지금도 그 사람처럼 생긴 사람하고는 말도 섞지 않습니다.

이게 굉장히 오래된 얘기임에도 불구하고 저는 그 사람을 하도 미워해서 잊을 수가 없는 겁니다. 우리가 성당에 오면 용서할 수 없는 사람을 용서하고, 그러면서 용서할 수 없는 사람을 위해서 기도하라고 하지만 그 사람을 위해서 기도한 적이 없습니다. 차라리 다른 사람을 위해 기도하면 했지 그 사람을 위해서는 절대 할 수가 없습니다.

그런데 그 사람을 여의도 한 식당에서 우연히 마주치게

되었습니다. 당시 바로 위 상사인 주임이었기 때문에 나이 차이가 별로 나지 않았는데, 그날 저를 보더니 마치 집 나간 딸이 돌아온 것처럼 엄청나게 반기는 겁니다. 그러면서 같이 온 친구들에게 "한비야, 내가 키웠잖아." 라며 큰소리치는 겁니다.

참으로 재수가 없고 어이가 없었지만 그런 자리에서 어떻게 할 수도 없고 해서, 웬만큼 대강 마무리하고 집으로 돌아왔는데 그냥 그렇게 하고 왔다는 게 너무 분하고 억울했습니다.

비아냥을 가득 담은 눈빛으로 "내가 너를 얼마나 싫어했는지 아냐"고 조금이라도 내 마음을 그 사람에게 알렸어야 했는데, 그렇지 못하고 온 것이 무척 속상했던 겁니다.

당시의 일기장을 꺼내서 그 사람이 우리에게 어떤 짓을 했는지 샅샅이 적힌 것을 보니까 가슴이 너무 아파져 왔습니다. 열여덟 꽃다운 나이에 을 중의 을이었던 한비야가, 고군분투하면서 인생을 견디고 있었던 어린 한비야가 너무 가슴이 아팠습니다.

그렇게 일기장을 넘기는데 눈물 자국으로 쭈글쭈글하게 얼룩진 장이 나왔습니다. 그 날도 모진 모욕을 당한 겁니다. 거기에 이렇게 적혀 있었습니다. "어떻게 하든 참

당신이 있어 비로소 행복한 세상

고 견디자. 이 고비는 넘어갈 것이고 나는 더욱 단단해질 것이다."

열여덟 살밖에 안 된 을 중의 을인 어린 한비야가 "어떻게 하든 참고 견디자"고 했던 다짐을 잘 견뎌서 지금 이 자리까지 왔다고 봅니다.

그때 저는 "이렇게 있는 힘을 다해 열심히 노력하는데, 왜 나는 이런 환경에서 벗어날 수 없을까? 왜 사방이 벽인 것 같고, 하늘로 솟을 수 없을까? 왜 이렇게 한 사람도 나를 도와주는 사람이 없고, 혼자 벌거벗고 광야의 뜨거운 자갈밭에서 몸을 구르는 듯한 느낌일까?"하는 생각을 했었습니다.

그리고 "다른 친구들은 아빠·엄마한테 사랑받으며 초록색, 노란색, 온갖 예쁜 카드를 쥐고 편하게 사는데 왜 나만 까만 카드를 쥐고 있는가?" 저는 제가 쥐고 있는 까만 카드가 너무 무겁다고 생각했습니다.

그런데 지금에 와서 보니까 친구들의 초록색과 노란색 카드는 천사의 옷이었고, 제가 가지고 있었던 까만 카드는 천사의 눈동자였던 것입니다. 그러니까 제가 가장 좋은 카드를 가지고 있었으면서도 어려서 혹은 어리석어서 몰랐던 겁니다.

여러분 지금 혹시 어려움을 겪고 있습니까? 그렇다면 축하드립니다. 여러분은 지금 여러분 인생의 큰 그림 중에서 천사의 눈동자인 까만 카드를 갖고 있는 것인지도 모르니까요.

하느님이 여러분에게 어려움을 주셨다면, 하느님이 다 뜻이 있으셔서 그런 것입니다. 여러분을 제일 사랑하시는 분은 하느님이십니다. 여러분한테 일부로 고통을 주느라고 아니면 힘들게 하려고 까만 카드를 주실 리가 없습니다.

하고 싶은 일을 하기 위해서는 하기 싫은 일도 해야 하는 용기가 필요합니다. 버티는 용기와 견디는 용기가 필요하고, 마침내 이루어내야 하는 용기도 필요합니다. 그 용기를 드립니다.

열여덟 살 때, 그리고 지금, 얼마 전까지도 굉장히 어려운 일을 잘 견뎌낸 제가 너무 자랑스러운 순간이 있었습니다. 너무 기뻤습니다.

어떻게 할까 할 때, 여기서 그만둘까? 여기서 무릎을 꿇을까? 돌아보면서 어떻게 할까? 하는 순간에 "눈을 꼭 감고 한 발짝만 더!"는 소리가 들렸습니다.

저의 배후세력과 여러분의 배후세력은 똑같은 배후세

력입니다. 여러분의 배후세력이 여러분을 눈동자처럼 보살피고 있다는 것을 알아야 합니다.

인생이란 경기는 꼭 이겨야 하는 것은 아닙니다. 이기지 않더라도 멋진 경기는 충분히 펼칠 수 있다고 봅니다. "표리동동, 언행일치!" 늘 하느님께 감사와 찬미와 영광을 드리면서 나의 꿈이 우리의 꿈, 하느님이 원하시는 꿈, 이 삼박자만 생각하면 얼마든지 멋진 경기를 펼칠 수 있다고 생각합니다.

이기는 경기뿐만 아니라 멋진 경기를 할 수 있도록 늘 나는 어떤 용기를 내고 있는가를 한번 생각해 봤으면 좋겠습니다.

어떤 사람은 자기가 용기를 내고 싶은데 누가 뭐라고 한답니다. 철이 없다, 허황되다, 이 나이에, 네까짓 게 뭐, 그런다는 겁니다.

여러분에게 확실하게 말씀드릴 수 있는 것은 여러분은 모든 사람에게 사랑을 받을 필요가 없습니다. 모든 사람이 여러분을 사랑하지도 않습니다.

여러분이 무슨 일을 하고 싶을 때 누가 딴지를 건다면 그건 여러분이 이미 무슨 일인가 하고 있다는 겁니다. 가만히 안 하고 있으면 누가 뭐라고 안 합니다. 무엇인가 하고 있기 때문에 뭐라고 하는 겁니다.

어느 날 학교에 갔더니 국제학과 대표 학생이 펑펑 울면서 자기가 시험 때에도 시간을 들여서 이런 것을 만들었는데 뒤에서 아이들이 뭐라고 한다는 겁니다. 그래서 제가 "네가 무슨 일을 한 모양이구나" 하면서 축하한다고 했습니다.

또 단과 대학 대표가 찾아와서 펑펑 우는 겁니다. 시험 때인데도 불구하고 이런 일을 했는데 아이들이 인터넷에서 말도 못하게 욕을 한다는 겁니다. 그래서 제가 또 "너희가 무슨 일을 하긴 했나 보구나" 하면서 축하한다고 했습니다.

이번에는 총학생회장이 와서 펑펑 웁니다. 여러 가지 일이 있었는데, 인터넷에 아이들이 어떻게 모진 글을 달았는지 억울해서 못 살겠다는 겁니다. 그래서 저는 "네가 무슨 일을 하긴 한 모양이구나" 하면서 축하한다고 했습니다.

가장 많이 일하는 사람은 가장 많은 욕을 듣게 되어 있습니다. 그러려니 해야지, 그건 어쩔 수 없는 일입니다.

그 사람들의 이야기는 그냥 참고사항일 뿐입니다. 여러분의 생각을 좌지우지 못 합니다. 그런데 왜 우리 젊은이

당신이 있어 비로소 행복한 세상

들은 그 생각에 좌지우지되느냐 하면, 자기 생각이 아니기 때문입니다. 자기가 생각한 게 아니라 남이 생각해준 것을 갖고 있다 보니까 이 사람이 이 말하면 이런가, 저 사람이 저 말 하면 저런가, 하는 겁니다.

요즘 2, 3십대 젊은이들은 사색을 안 하고 검색만 합니다. 그게 얼마나 위험한 건지 모릅니다.

젊은이들은 그게 자기 생각인지 남의 생각인지도 모릅니다. 그러면서 무슨 생각을 하고 있다가 무슨 말을 하면 이게 아닌데, 이렇게 하다가도 이게 아닌데, 이럽니다.

우리 부모들은 아이들이 중고등학생일 때는 아무 생각도 못 하게 합니다. "아무 생각도 하지 마, 너는 대학만 가면 돼." 이러다가 대학교 원서 쓸 때 "네 꿈이 뭐니?"하고 물어봅니다.

그런 아이들은 대학에 들어가도 꿈이 없습니다. 자기가 무엇을 하고 싶은지도 모릅니다.

자기는 누구처럼 하고 싶은 일을 하고 싶은데 무엇을 할지 모르겠다고 합니다. 그건 한 번도 제대로 생각해본 적이 없기 때문입니다.

그러면 오늘부터 일기를 써보라고 권하고 싶습니다. 자기가 생각하고 있는 것을 써보는 겁니다. 고치기 쉬운 컴퓨터로 말고 종이 위에 연필로, 한번 깊게 생각을 해보는 겁니다.

생각의 뿌리가 내려가야 되는 겁니다. 생각의 뿌리가 내려가야 흔들리지 않고 뿌리채 뽑히지 않게 됩니다.

자기 생각이 있어야 합니다. 자기 생각이 있으면 다른 사람이 이런 말을 하든, 저런 말을 하든, "그래요. 참고사항일 뿐입니다"하고 앞으로 나아갈 수 있습니다. 아니면 여기에 휘둘리고, 저기에 휘둘리게 됩니다. 평생 그렇게 살 수는 없는 겁니다. 남이 생각하는 대로 살 수 없습니다. 자기 생각이 있어야 다른 사람이 무슨 말을 하든 나아갈 수 있다고 저는 생각합니다.

제 친구 중에서 제주도 올레길을 만든 친구가 있습니다. 그 친구가 처음에 올레길을 만들려고 생각하고 있을 때 주변의 많은 사람이 다 말렸습니다.

언론인이었던 친구에게 "너는 글이나 잘 쓰면 되는 거지, 무슨 길을 만들려고 그러느냐, 네가 뭐 한 발짝이라도 걸어봤냐"는 등 엄청나게 반대와 비판이 쏟아졌습니다.

그런 와중에 저만 "멋진, 좋은 일이다, 진즉에 제주도에 그런 길이 있어야 했다, 늦었지만 지금이라도 하겠다니 고맙기 짝이 없다."라고 친구를 잔뜩 부추겼습니다.

그래서 친구가 얼떨결에 일을 시작했는데, 시작하자마자 사람들이 벌떼처럼 달려들어 친구를 물어뜯기 시작했습니다. 저 여자가 국회의원 하려고 그런다, 저 여자가 도지사가 되려고 그런다, 돈을 왕창 벌려고 그런다 등등 난리법석들이었습니다.

그런 사람들은 입만 살아서 온갖 얘기를 다 하고 다니는 겁니다. 그런 얘기를 들을 때마다 친구는 서울에 올라와서 펑펑 울며 이제 그만두겠다고 합니다. 자기가 무슨 영화를 누리겠다고 이 일을 계속하겠느냐고, 올레길 만드는 것을 포기하겠다고 합니다. 그러면 저는 이렇게 말하곤 했습니다. "조금만 더 참아보자, 눈 딱 감고 한 발짝만 더 나가보자고."

그렇게 해서 제주도를 한 바퀴 도는 예쁜 올레길이 생겨난 겁니다. 만약에 그 친구가 중간에 포기했더라면 어쩔 뻔했겠습니까. 그 친구 성공이 우리의 성공입니다.

저 또한 마찬가지입니다. 저도 현장에 가면 피눈물을 흘리면서 일을 하지만 현장 사람들이 모두가 다 좋아하는 거 아닙니다. 현장 사람들이 다 고마워할 것 같지만 아닙니다. 별의별 사람들이 다 있습니다.

지난번 남수단에 있는 콩고 난민촌에 갔을 때의 일입니

다. 촌장으로 가게 되면 모여서 그동안에 무슨 어려움이 있었는지 얘기를 듣게 됩니다. 그날 약 스무 명 정도의 젊은 사람들이 모였는데, 제가 가자마자 분위기가 너무 험악한 겁니다.

마음을 가라앉히고 그동안 무슨 어려움이 없었는지를 물어봤습니다. 그랬더니 갑자기 벌떡 일어나면서 "고기를 달라!"며 버럭 소리를 지르는 겁니다. 그 부족은 고기만 먹는 부족이었습니다. 우리가 주는 식량은 밀가루와 옥수숫가루라 고기를 줄 수 없는 상황을 설명을 해줬는데, 서너 명이 자리에서 벌떡 일어나면서 "우리 얼굴 팔아서 돈 벌어 잘 먹고 잘사는 주제에 시키는 대로 하란 말이야!"라면서 위협을 하는 겁니다.

얼마나 억울하고 분했는지 모릅니다. 그래도 웃음을 잃지 않고 한번 고려해보겠다고 그들을 달래야 하는 게 제가 해야 하는 일입니다. 이뿐만 아니라 온갖 일을 다 하면서도 이런저런 일들이 많지만, 현장에서는 아무리 그렇더라도 참을 수 있습니다.

한국에 돌아와서 듣는 얘기는 참을 수 없을 정도입니다. 서아프리카에 에볼라가 창궐했을 때 에볼라 파이터들은 한번 갔다 돌아오면 심리치료도 받고 며칠간 격리해서 보물 취급을 받는데, 저는 지난 15년간 다녔어도 단 한 번도 그런 대우를 받은 적이 없습니다.

더군다나 월드비전이 선교단체인데 모금을 한 돈으로 선교활동에 쓴다, 저 여자 사기꾼이다, 걸어서 지구 세 바퀴 반, 지구를 세 바퀴 반을 걸은 게 진짜냐, 저 여자 뻥쟁이다, 등등…. '걸어서 지구 세 바퀴 반'은 책의 제목인데 말입니다.

그래도 괜찮습니다. 왜냐하면 제가 무슨 일인가를 하고 있다는 방증이기 때문입니다. 지금 어딘가에서 불이 나고 있습니다. 저에게는 물이 있고, 들어가서 불을 끌 수 있는 재주도 있고, 저 불을 끄고 말리라는 열정도 있습니다.

제가 이런저런 얘기가 듣기 싫어서 가만히 있는 게 좋겠습니까? 아니면 '그렇게 마음대로 생각하세요, 저는 불을 끄러 가겠습니다.' 라고 하는 게 좋겠습니까? 저는 불을 끄는 게 하느님이 시키시는 거라고 굳게 믿고 있습니다. 그래서 이번에도 가는 겁니다.

용기는 다른 사람한테 가는 게 아닙니다. 할까 말까 할 때 이쪽으로 쏠리게 하는 겁니다. 스스로 주는 용기가 가장 중요한 용기라고 생각합니다.

우리는 다른 사람의 칭찬을 많이 해주면서 정작 자기 자신에게는 칭찬하지 않습니다. 용기 내서 한번 자기를 칭찬하십시오. 손을 들어 자기 머리를 쓰다듬으면서 "난, 내가 마음에 들어"하는 겁니다. 우리 스스로 마음에 들어야 합니다.

그리고 그동안 수고한 자기도 고마우니까 "그동안 수고했어."라면서 어깨를 가볍게 두드려 주고, 또 부려먹어야 하니까 "앞으로도 부탁해"하면서 자기를 꼭 안아주는 겁니다.

모든 것은 자기가 스스로 칭찬하는 데서 나오는 것 같습니다. 매일매일 못하면 가끔이라도 자기 자신을 칭찬해주면 좋겠습니다.


자기에게 보내는 용기의 박수로 마무리하려고 합니다.

스스로 나는 나에게 '1g의 용기'를 주겠다고 하는, 약속의 박수!

내가 소중하면 옆에 있는 사람도 소중합니다. 나를 포함한 우리에게 '1g의 용기'가 필요할 때 내가 기꺼이 보태주겠어 하는, 우리를 위한 박수!

나를 위한 박수보다는 우리를 위한 박수가 늘 기분을 좋

당신이 있어 비로소 행복한 세상

게 합니다. 제가 두려움도 없고, 떨림도 없는 여전사 같지만 저도 늘 두렵고, 늘 망설이고, 늘 이것을 해도 될까 하지 말아야 할까 하는 갈림길에 있습니다.

어느 때는 그만할까, 저 불구덩이에 뛰어드는 것을 또 해야 하나, 가고 싶은 마음과 두려운 마음이 교차할 때 여러분이 저에게 '1g의 용기'를 주겠다는 약속의 박수!

'1g의 용기'를 통해서 만난 여러분이 저에게 어떤 에너지를 주셨는지 여러분은 상상도 못 할 겁니다. 여러분이 저에게 주신 에너지를 모아 모아 현장에 가서 사람 살리는 데 고스란히 쓰겠습니다.

제가 용기가 필요할 때마다 여러분이 주신 용기, 잊지 않겠습니다. '1g의 용기'를 통해서 만난 여러분을 위해 저도 아주 세게 기도하겠습니다. 여러분 모두를 진심으로 사랑합니다.

우리 시대 최고 지성 6인 영혼의 울림

# 당신 있어 비로소 행복한 세상

**초판 1쇄 인쇄** ▎ 2016년 10월 20일
**초판 2쇄 발행** ▎ 2016년 11월 20일

**지은이** ▎ 공지영 외
**엮은이** ▎ 가톨릭독서아카데미
**펴낸이** ▎ 김정동
**펴낸곳** ▎ 서교출판사
**감　수** ▎ 김민수 신부
**기　획** ▎ 한순애 남은우 배봉한 이종주
**홍　보** ▎ 임종심 방혜신 정현옥 류주희

**편집** ▎ 김예슬 최진영 김혜자 송건엽
**교열** ▎ 김선동
**영업** ▎ 유재영 신용천 김은경
**인쇄** ▎ 상지사 P&B
**지류** ▎ 한서지업사

**등록번호** ▎ 제 10-1534호
**등록일** ▎ 1991년 9월 12일
**주소** ▎ 서울시 마포구 성지길 25-20 덕준빌딩 2F
**전화** ▎ 3142-1471(대)
**팩스밀리** ▎ 6499-1471
**이메일** ▎ seokyodong1@naver.com
**홈페이지** ▎ http://blog.naver.com/sk1book
**ISBN** ▎ 979-11-85889-28-3 03810

• 잘못된 책은 구입처에서 교환해 드립니다.
• 이 도서의 국립중앙도서관 출판예정도서목록(CIP)은 서지정보유통지원시스템 홈페이지(http://seoji.nl.go.kr)와
　국가자료공동목록시스템(http://www.nl.go.kr/kolisnet)에서 이용하실 수 있습니다. (CIP제어번호: CIP2016024258)

이 책은 가톨릭독서콘서트 강연을 정리한 것을 엮은 것입니다.
소중한 글을 싣게 허락해 주신 여러 선생님께 깊은 감사의 말씀을 드립니다.